문수림의

장르불문

관통하는 글쓰기

KB191691

항상 나를 믿고 지지해 주는
나의 사랑 모모

그리고

우리의
율과 인.

가족들을 생각하며
마음을 담아 썼습니다.

부디 이 책을 선택한
모두의 마음에 닿길.

추신. 이 책을 읽은 당신이
문장의 주인이 되었으면 합니다.

문수림의

장르불문
관통하는 글쓰기

기본 이론편

마이티북스

|목차|

3장. 조준하기

4장. 발사하기

5장. 회수하여 확인하기

에필로그_ 모두 다 당신 덕분이다

부록. 짧은 이야기들

작품 표기 관련 안내

본문에는 여러 장르의 작품이 언급됩니다. 구분이 용이하도록 다음과 같이 문장부호를
정리했습니다.

· 단편 소설과 시 「」, 장편 소설 『』
· 영화 필름 및 만화, 애니메이션 <>
· 고전 작품 및 경전 《》

이제 막 습자지를 펼친 당신에게

문장은 '샌드위치'다. 주어와 서술어를 빵처럼 두르고, 다진 고기와 채소 대신 목적어와 보어를 넣는다. 그것만으로도 충분히 담백하고 맛있지만, 능숙한 사람들은 관형어와 부사어를 소스처럼 사용한다. 트렌드에 따라 강렬한 마라맛을 사용하기도 하고, 채소의 아삭함 또는 고기의 풍미를 살리는 소스를 사용하기도 한다. 그들에게 공통점이 있다면, 나름의 '공식'이 있다는 사실이다.

한편, 이러한 자기만의 스타일이 존재함을 분명히 의식하는 이도 있고, 그렇지 않은 경우도 있다. 여기서 어느 쪽의 수준이 더 높고 낮음을 평하는 건 부질없다. 오랜 세월 문장을 단련하여 글쓰기가 호흡만큼 일상적인 행위라 전혀 의식할 필요가 없을 수도 있고, 이제 막 노트를 펴고 뭐라도 끼적일 마음이라서 머릿속이 눈앞의 백지보다 더 흴 수도 있을 테니까. 말 그대로 두 사람은 종이 한 장 차이다.

나 역시 강연을 하기 전까지만 해도 스스로 검열하는 기준이 있음을 대충 느낌으로만 알고 있었다. 그러므로 누가 공식을 얼마만큼 인지하며 쓰고 있느냐는 그리 중요한 문제가 아니다. 다만, 당신이 이제 막 습자지를 폈다면, 내가 공유하는 공식이 도움이 되리라 확신한다. 첫 단추를 꿰는 일은 언제나 어려운 법이니까.

내가 전하는 이야기는 장르를 불문하고, 모든 글쓰기에 적용할 수 있으며, 그만큼 강력하다. 오랫동안 고생한 내 노력의 결정체라서 당당히 말할 수 있다. 나는 실제로 글로 밥 벌어먹고 싶다는 욕망에 충실한 삶을 살아왔고, 그 과정에서 깨달은 바를 수강생들에게 알려주면서 노하우가 더 탄탄해지기도 했다.

물론, 욕망에 비해 머리가 나빴던 탓에 여러 난관이 있었던지라 제법 길을 둘러오기는 했지만, 그 와중에도 글은 썼다. 생계를 위해 대필도 마다하지 않았고, 클라이언트의 요구에 따라 연재도

서슴지 않았다. 덕분에 나의 출발점은 문학 소설이었지만, 삶이 퍽퍽할 때면 에세이를 쓰고, 주머니가 곤란할 때는 타인의 문장을 만졌다. 그러다 보니 일반 교양서적 관련 글도 제법 여러 편 쓰게 되었다. 최근에는 내 아이를 위해 직접 쓴 동화를 출판하기도 했고, 고료를 받으면서 웹소설도 쓰는 중이다. 그리고 가끔은 어설프게나마 시로도 내 일상을 남긴다. 그야말로 '장르 불문'이다.

그렇다고 이 책이 대단한 작법서는 아니다. 어디까지나 기본 이론을 다루고 있다. 정확히는 글쓰기가 이루어지는 과정 자체를 보다 근본적으로 살피는 입문서라 할 수 있겠다. 기본 인식부터 시작하여 마음가짐과 연습법까지 구분 동작으로 구성하였기에, 초보자들에게는 더할 나위 없는 교재가 되어줄 수 있으리라 믿는다. 게다가 3장 이후부터의 내용은 오랜 시간 홀로 글쓰기를 단련하며 정체기를 느끼고 있는 이들에게도 매우 유용하리라.

글쓰기 관련 강좌에서 가장 인기 있는 건 현장에서 첨삭지도가 이루어지는 수업, 그리고 기술적인 작법을 풀어주는 수업이다. 나는 그 사실을 누구보다 잘 알고 있으면서도 굳이 열정을 다하여 기본 입문서를 써서 당신에게 선보이고 있다. 이런 수고를 택한 이유는 오롯이 당신을 위해서다. 기본이 바로 서지 않은 상태에서는 자신의 정체기가 어디에서 비롯된지도 모른 채 막연한 시간을 보낼 수밖에 없다. 기술적인 수업을 듣고서 빠르게 성장하는 것 같은 착각에 잠시 빠질 수는 있지만, 거기까지다. 결과적으로 출간이 가능한 책을 자신이 직접 다 써내기 위해서는 간결하고 신선한 문장을 스스로 빚어낼 수 있는 힘이 절대적으로 필요하다. 그건 첨삭지도자가 대신해 줄 수 없는 영역임에 틀림없다. 덕분에 나는 지금까지 그 벽 앞에서 좌절하고 돌아서는 무수히 많은 이를 보았다.

그러니 부디 기쁘게, 열린 마음으로 읽어주었으면 한다. 이 책은 분명 당신이 그런 벽 앞에서 무너지지 않길 바라는 마음으로 쓴 글이다. 그럼, 진심으로 당신이 글쓰기의 고민에서 벗어나길 바라며 본론으로 들어간다.

가을이 오지 않아 여전히 습하고 더운 사무실에서

1장 화살 끼우기

MIND

글쓰기를 만만하게 보지 마라.
요행에 관한 희망은 버리길 바란다.
첨단의 AI도 여전히 학습 중인 것이
인간의 글쓰기다.

각 분야의 스승이 폭발적으로 증가했다. '초보'가 '왕초보'를 가르치는 시대가 됨에 따른 결과다. 놀랍게도 지금 이 순간에도 곳곳에서 스승이 생기고 있다. 이 스승들은 대체로 온라인상에서 활동하며, 그들의 전문 분야와 관련한 지식을 공유하면서, 수많은 초보자에게 도움을 주고 있다. 당신이 난생처음 자가용을 장만해 첫 세차를 하게 되었다고 가정해 보자. 그러면 세차장에 가면 되는지, 세차 도구를 구비하는 게 좋은지, 자동 세차와 셀프 세차 비용 차이 등 궁금증이 폭발할 테다. 과거에는 이런 부분을 부모, 형제, 지인에게 물어봤겠지만, 이제는 키워드 검색만 하면, 일면식도 없는 사람이 텍스트뿐만 아니라 영상으로 친절하게 알려준다. 정말, 멋진 세상이 아닐 수 없다.

이게 비단 세차에만 해당하는 상황이 아니다. 인기 있는 요리법 영상은 재생 수가 클립마다 몇만 단위이고, 곰팡이 없애는 법처럼 특정 분야를 세분화한 영상도 마찬가지다. 해당 채널의 운영자는 현직 전문가부터 취미로 즐기는 사람, 학생까지 매우 다양하다. 이들이 그런 생애 첫 경험을 앞둔 불특정 다수의 스승이 되는 셈이다.

글쓰기라고 해서 예외는 없다. 출판 업계는 이미 수요보다 공급이 아득히 앞서고 있다. 그만큼 저자가 되기를 희망하는 사람은 넘쳐나지만, 실제 책을 소비하는 독자는 매 순간 줄어드는 실정이다. 그래서 매년 출간하는 책은 늘어나지만, 판매되는 도서의 양은 줄어들고 있다. 여기에 더해 최근에는 1인 출판과 독립 출판, 그 외 자비 출판의 등장으로 공급은 더욱 확대되었다.

당연히 이와 관련한 정보를 원하는 예비 저자가 늘어나면서, 글쓰기 또는 책 쓰기 스승도 여기저기서 쏟아지고 있다. 한마디로 글쓰기와 책 쓰기가 하나의 산업이 되었다고 볼 수 있다. 책이 팔리지 않는데도 이런 분위기를 형성할 수 있었던 이유는, 앞서 언급했듯 저자 되기를 희망하는 사람이 증가하면 증가했지, 줄어들지 않음으로 인해, 책을 매개로 한 강연과 문화를 판매하는 데 주력하는 이들이 증가한 덕이다.

솔직히 나는 이런 모습이 염려스럽다. 그렇다고 산업 자체를 부정하거나 혐오스러운 시선으로 바라보지는 않으니 오해는 없었으면 한다. 나 역시도 더 멋진 프로가 되고 싶어 하는 도전자 중 1인으로, 사정이 크게 다르진 않으니까. 다만, 세상 밖으로 나오고 싶어 하는 초보자들은 기초 영상이나 무료 강좌를 보고, 들으며, 관련 근육을 키운다. 그 훈련이 익숙해지면, 다음 단계로 넘어가고 싶은 욕망에 사로잡히기 마련이다. 그럴 만도 한 게, 무료 강좌는 어디에서나 들어본 이야기만 되풀이한다. 이로써 진지하게 배움을 이어가고 싶은 사람들은 유료 강좌에 눈길을 돌린다. 그 시점부터 내가 걱정스러워하는 문제가 불거진다.

초보자들이 가장 많이 하는 오해가 하나 있다. '글솜씨가 좋으면, 교수법도 좋다.'고 생각하는 게 그것이다. 하지만 이건 명백히 다른 영역이다. 프롤로그에서도 언급했지만, 오랜 시간 문장을 쌓아온 사람들은 이미 생활 자체가 문장인 수준이다. 그들은 준비 동작이나 구분 동작 없이 쓰기가 가능해서, 타인을 이해시켜야 하는 교수법에서는 오히려 젬병인 경우가 허다하다. 물론, 검증되지 않은 사람에게 배우기도 난감하다.

이런 혼란 탓에 초보자 가운데 적지 않은 이가 그릇된 선택을 하게 된다. 배우긴 배웠어도 속이 뻥 뚫리는 시원함을 느끼지 못하는 상태로 집으로 돌아간다. 막대한 비용과 시간을 허비한 채로.

그래서 과감하게 영업 비밀을 밝힌다. 오늘을 살아가는 당신이 좋은 스승을 만나기란 하늘의 별을 따는 것만큼이나 어렵다. 그건 단순히 돈을 조금 더 낸다고 해서 해결되는 문제가 아니다. 사실 우리에게 필요한 건 1:1 맞춤 수업인데, 그런 수업의 기회가 잘 없다. 요즘은 온라인 줌 등을 이용한 소규모 과외 형태가 발전하여 조금 더 나아지긴 했지만, 그래도 여전히 마찬가지다. 강사 입장에서는 매번 다른 이해와 실력을 지닌 수강생들이 수강을 신청해 온다. 개개인의 실력이 다른데, 자신의 커리큘럼 자체를 매번 디테일하게 수정하면서 맞춰주는 강사는 드물 수밖에 없는 거다.

그러니 당신이 어딘가에서 배움을 청할 계획이라면, 돈과 시간을 쓰기 전에 먼저 이 책을 읽은 다음 얼마간의 개념을 정립하고, 충분히 연습의 시간을 가져야만 한다. 이건 다른 강연자들의 밥그릇을 낚아채는 비열한 짓이 아니다. 그런 의도는 한사코 없다. 오히려 강사와 수강생의 거리감을 좁히기 위해서다. 현장에서 전혀 준비되지 않은 자세로 수업을 듣게 된다면, 그게 누구의 수업이든, 당신은 해결하지 못한 체증을 고스란히 안은 채로 돌아와야 한다. 당연히 강사의 실력과 관계없이 그에 대한 평가를 좋게 할 수가 없게 된다. 자연스레 글쓰기와 한 발짝 멀어지게 되고, 여전히 초보인 채로 남게 되는 거다.

나는 당신이 그런 시행착오를 줄이길 바라는 마음으로 이 책을 썼다. 마찬가지로 여러 강사가 현장에서 보다 더 심화된, 실용적인 커리큘럼으로 자기 역량을 마음껏 뽐내길 바란다. 그리하여 여러 수강생에게 갈채를 받길 진심으로 바란다.

당신의 글이 성장하지 못하는 이유

한편, 바보는 바보라서 행복하다. 바보는 스스로 바보라는 자각이 없어서 애써 비교하거나 어설프게 분별하는 마음을 앞세우지도 않는다. 그저 주어지는 현재에 즉각적인 반응을 하며, 차오르는 감정을 그대로 즐긴다. 반면, 초보자 딱지를 떼어내고 싶은 우리는 쉽게 우울해진다.

모른다고 하기에는 이미 많은 것을 알고, 안다고는 해도 그게 고스란히 실력이 되어 곧장 써먹을 수도 없어서 그렇다. 더욱이 지인들의 출간 또는 블로그를 비롯한 SNS 채널로 이런저런 수익을 창출하고 있다는 소식을 들으면, 조바심이 난다. 이에 글쓰기 또는 책 쓰기 관련 특강이나 오픈 강좌를 찾아 들어봐도, 특별한 게 없다. 그저 아래 몇 가지만 확인하게 될 뿐이다.

① 간결하게 쓰기
② 소리 내어 읽었을 때, 듣기 편하게 쓰기
③ 즉시 이해할 수 있도록 쉽게 쓰기
④ 외래어와 이중피동형 피하기
⑤ 일단 매일 쓰기

이 5가지는 '글쓰기의 정통법'과도 같다. 그래서 이게 곧 '장르 불문 글쓰기'의 핵심이라 할 수 있다. 나의 말을 믿지 못할 상황을 대비해 유명인을 소환해 설명을 덧붙이자면, 유시민 작가도 강의와 각종 인터뷰, 방송에서도 여러 번 강조한 부분이다. 특히 ①번은 글쓰기 관련 책과 영상에서 숱하게 언급되어, 여러 아마추어 스승이 사골처럼 우려먹는다. 당연히 글을 좀 써봤다 하는 사람들은 귀에 딱지가 앉도록 들은 소리다.

그런데도 왜 우리의 글은 나아지지 않는 것일까? 여기서 중요한 사실은, 여태 글 쓰는 방법을 몰라서 성장하지 못한 게 아니라는 점이다. 즉, 위의 5가지 명제가 잘못되었다거나, 스승들이 알려주지 않은 비밀 같은 건 없다는 뜻이다. 그저 그 과정을 소화하는 단계에서 서둘렀을 뿐이다. 그래서 탈이 난 거다.

솔직히 기본기를 스스로 적용하면서 나만의 방식을 찾았더라면, 충분히 고민을 해결할 수 있었을 테다. 그렇다고 당장 이해의 시간을 함께 가져보자는 건 아니다. 급할 건 없다. 오히려 나는 전혀 다른 이야기를 먼저 꺼낼 생각이다. 바로 '인내'다. 더 정확히는 '어떠한 마인드로 인내해야 하나.'로 표현할 수 있겠다. 좋은 글을 쓰기 위해서는, 그게 훨씬 더 급하고, 중요한 문제니까.

글쓰기의 첫 번째 관문은 '집중'

　사람들이 스포츠에 열광하는 이유는 뭘까? 단언컨대, 단순히 승리의 쾌감을 원해서가 아니다. 그보다 승부 과정에서 일어나는 드라마 같은 상황과 기적에 더 큰 희열을 느낀다. 그래서 질 게 뻔히 보이는 올림픽과 월드컵 경기일지라도 잠을 포기하면서까지 우리나라를 응원하고, 비인기 종목 출전 선수에게는 아낌없는 박수를 보낸다. 여기에 대한 응답으로, 선수들은 우렁찬 기합 소리와 함께 그들의 의지를 보여준다. 그리고 실제로 예상하지 못한 반전으로 이기기도 한다. 그야말로 카타르시스가 최고로 치닫는 순간이다.

　한편, 해당 경기의 서사가 아름다울 수 있는 건 우리 눈에 담기지 않는 선수의 시간이 있었던 덕분이다. 휘슬이 울리기 직전까지 포기하지 않고, 열정을 다할 수 있는 건, 그간 매일매일 흘린 땀방울이 뒷받침되어서다. 다시 말해, 누적된 시간, 멈추지 않은 노력 등이 선수의 심신을 지배함으로써, 열정과 투지를 다할 수 있는 것이다. 그리하여 경기장에서 펼쳐진 찰나의 광경은 기적으로 표현되지만, 사실은 기적이 아니었던 셈이다. 매우 정직한 땀의 결과였다.

이 시선에서 바라보면, 당신의 글이 잘 써지지 않는 이유는 단하나다. 스스로 흘린 땀방울 즉, 구겨 내던진 원고가 적어서다. 분명히 사색의 시간도, 독서의 경험도, 문장을 단련한 기간도 적었으리라 본다. 매우 잔인한 말이지만, 이게 사실이다. 그런데도 많은 사람이 '책 출간하기'를 올해 버킷리스트로 버젓이 올려놓는다. 그게 단순히 기합으로 해결할 수 있는 영역이 아닌데도 말이다. 이는 기적을 바라는 것과도 같다. 오히려 어깨에 힘을 빼고, 꾸준히 이어가야 하는 작업이다. 그러하기에 완성된 결과물을 배출해 보겠다는 목표는 문자 그대로, 프로가 되었을 때나 할 수 있는 말이다. 게다가 여기서 말하는 '프로'는 결코 만만한 수준이 아니다. 간혹 기간과 분량을 소화했다며, '프로에 다다랐다.'고 착각하는 경우도 많은데, 정확히 알아야 한다. 마구잡이로 채워진 분량은 원고가 아닌 낙서에 불과하다.

그런데 간혹 '글쓰기 특강'을 타이틀로 하는 오픈 강좌를 듣고 있다 보면, 강연자들이 무책임한 발언을 힘주어 반복하는 모습을 보게 될 때가 있다. 1~2시간짜리이다 보니 전략적으로 하나의 메시지만 강조하는 것이다. 쉽게 말해서, 여러 가지 방법 중에 수강생들이 즉시 실천 가능한 하나를 뇌리에 남기기 위해 집중한다. 다음이 그 대표적인 예다.

"블로그에 매일 쓰세요. 1일 1 포스팅! 그렇게 100일을 채우면, 책 한 권 분량이 됩니다! 그러니 매일 쓰세요." 맞는 말이다. 동시에 매우 불안정한 말이다. 왜냐하면 몇몇 수강생은 이 말대로 도전할 테고, 상당수는 중도에 포기할 테니. 한마디로 이 말을 곧이곧대로 실천하여, 빛을 볼 수 있는 사람은 소수에 불과하다. 이유는 단순하다. 달리기로 치면, 기본 구분 동작인 '제자리에', '차렷', '요이땅'도 가르쳐주지 않은 상태에서 400m 이어달리기 선수 출전을 권하는 것과 같으니까. 당연한 말이지만, 몸과 마음이 준비되지 않은 상태에서 시도하는 전력 질주는 제대로 뛰어보기도 전에 주저앉게 한다.

이와 관련해서는 이야기가 더 길어질 수 있으니 우선은 이 하나만 당부한다. 집중해라. 글쓰기는 단순히 기합이나 동기 부여만으로 어찌할 수 있는 게 아니다. 부족한 만큼 꾸준히 채우며, 시간을 보냈을 때 비로소 문이 열리는 게 글쓰기다.

지금까지 내가 했던 이야기도 이미 다 아는 내용이란 거 안다. 그런데 꾸준히 오랜 공을 들여야 함에도 다들 글을 쓰고, 책을 출간하려고 안달을 내는 걸까? 그건 그만큼 우리 삶이 팍팍해서 고, 성장을 갈망해서다. 더는 책이 전문가와 전업 작가의 전유물이 아닌 시대가 됨에 따라 이 현상은 더 거세게 나타나고 있다. 이런 현실에 'AI'는 그야말로 구세주나 다름없다. 내가 쓰고 싶은 문장을 대신 써주니까. 그것도 적절하게.

실제 사용해 본 사람은 알겠지만 AI는 몇 가지 설정만 던져주면, 문장을 넘어 문단을 써주는 데까지 주저함이 없다. 발 빠른 출판 관계자들은 이런 점을 잘 활용하여 막무가내로 논문을 대량 찍어서 출간하기도 했다. 정말 어처구니가 없었지만, 반대로 부럽기도 하다. 엉성하더라도 엄청난 속도로 책을 쓸 수 있다는 실력을 검증해 보였으니 말이다.

이 말은 즉, 괜찮은 콘텐츠만 있다면 AI의 도움으로 초고를 완성해 그걸 다듬기만 하면 되겠다는 생각을 하게 한다. 머리 나쁜 나도 이런 예상을 하는데, 천재적인 두뇌에 실행력까지 있는 예비 저자는 이미 AI의 도움으로 출판사에 원고 투고를 했을지도 모른다.

아, 그렇다고 다짜고짜 서두르지는 않았으면 한다. AI가 똑똑하고, 상상 그 이상으로 빠르기는 하지만, 딱 거기까지다. AI가 탄생시킨 원고 수준이 아무리 좋게 봐도, 아마추어가 고민해서 쓴 초고 수준을 벗어나지 못한다. 믿기 힘들다면, 다음의 실제 사례를 살펴보자. 내가 '네이버 cue:'에게 직접 실험한 내용이다.

수림: 고양이와 메타세쿼이아 나무 열매를 소재로 이야기를 만들어줘.

cue: 네! 고양이와 메타세쿼이아 나무 열매를 소재로 한 이야기를 들려드리겠습니다.

작은 마을에 살고 있던 고양이는 어느 날 숲속을 산책하던 중 메타세쿼이아 나무 아래에서 떨어진 열매를 발견하였습니다. 호기심 많은 고양이는 그 열매를 먹어보기로 결심했습니다. 열매를 먹은 순간, 고양이는 갑자기 몸이 가벼워지는 느낌을 받았습니다. 마치 하늘을 날아다니는 것처

럼 느껴졌습니다. 고양이는 너무나 신기해서 계속해서 열
매를 먹었습니다. 그러나 잠시 후, 고양이는 머리가 아프
고, 어지러움을 느끼기 시작했습니다. 알고 보니 메타세쿼
이아 나무 열매에는 독성이 있어서 많이 먹으면 위험했던
것이었습니다. 고양이는 당황했지만, 다행히 근처에 있던
동물 친구들의 도움으로 무사히 해독제를 구할 수 있었습
니다. 이후로는 절대 메타세쿼이아 나무 열매를 먹지 않게
되었습니다.

이 이야기는 우리가 어떤 사물이나 음식을 먹을 때는 반드
시 그것의 성분과 효능을 잘 알아보고 먹어야 한다는 교훈
을 줍니다. 또한, 어려운 상황에서도 주변 사람들과의 협
력을 통해 문제를 해결하는 것이 중요하다는 것을 보여줍
니다.

얼핏 괜찮아 보이는 전개다. 심지어 이야기에 교훈도 삽입했
다. 황송할 정도의 선물이다. 다만, 선물 포장지가 예쁘다고 해서
내용물까지 훌륭할 것이라고 믿어서는 안 된다.

앞서 논문에 관한 이야기를 했다. 위에 적힌 이야기도 마찬가

지 사례다. 기본적으로 메타세쿼이아 나무 열매는 맛이 없다. 그건 고양이에게도 마찬가지다. 인간의 미각과 다르다고는 해도 일반적으로 맛이 없는 건, 그냥 맛이 없는 거다. 열매를 먹고 기분이 좋아지는 것까지는 모른 척 판타지로 치고 넘어가 준다고 하더라도, 거기에 더해 독성이라니? 이 정도면 문장의 문제가 아니라 기본적인 선을 넘어버렸다고 볼 수 있다.

수림: 그런데 정말 메타세쿼이아 나무 열매에 독성이 있어?

cue: 메타세쿼이아 나무 열매에 대한 정확한 정보를 찾지 못했습니다. 하지만 다음과 같은 이유로 인해 메타세쿼이아 나무 열매를 먹는 것은 권장되지 않습니다.

독성
일부 식물은 씨앗이나 열매에 독성이 있을 수 있습니다. 메타세쿼이아 나무 역시 독성이 있는 열매를 가지고 있을 가능성이 있으므로, 섭취 전 전문가의 조언을 듣는 것이 좋습니다.

안전성

식품으로서 안전성이 검증되지 않았습니다. 따라서 섭취

시 복통, 설사 등의 부작용이 나타날 수 있습니다.

영양 성분

영양 성분이 풍부하지 않을 수 있습니다. 따라서 메타세쿼

이아 나무 열매를 먹기 전에 충분한 조사와 전문가의 조언

을 듣는 것이 좋습니다. 만약 열매를 먹게 된다면, 적절한

양과 방법으로 섭취해야 하며, 이상 증상이 나타날 경우

즉시 병원에 방문하여 치료를 받는 것이 중요합니다.

AI 선생이 대략 짐작으로 풀어낸 이야기라고 실토했다. 이야기의 환상성과 잘못된 지식 전달은 엄연히 다른 문제다. 최종 창작자인 우리 인간은 이제 이런 부분을 찾아 수정해야 한다. 결국, AI는 아무리 매력적이더라도 인간이 아니기에 구원 투수일 수는 없다. 승리를 위한 마무리는 여전히 우리들 인간의 몫이라는 뜻이다. 이에 따라 우리는 스스로 마무리 지을 수 있는 실력을 반드시 길러야 한다.

이와 관련해 주의사항 몇 가지를 공유한다. 아래 3가지는 AI

를 다루기에 앞서 늘 체크해야 할 부분이다. 방심하지 말고, 꼼꼼히 확인한 다음 세상에 글을 내놓아야 할 것이다.

① 사실에 기반을 둔 글이 맞는가?
② 문장의 톤에 일관성이 있는가?
③ 식상한 표현은 없는가?

아이러니하게도 AI의 능력이 대단해진 만큼, 우리의 글쓰기 실력도 일정 수준 이상이어야 한다는 결론에 이르게 된다. 혹시나 해서 미리 말하지만, 이건 더 나은 성능의 AI를 기다려보는 것으로 해결할 수 있는 간단한 문제가 아니다. 기본적인 분별력을 스스로 갖추지 못한 상태에서는 어느 회사, 어떤 버전의 AI가 글을 써준들, 안심하고 그 내용을 사용할 수 없다. 거듭 말하지만, 글쓰기를 만만하게 보지 마라. 요행에 관한 희망은 버리길 바란다. 첨단의 AI도 여전히 학습 중인 것이 인간의 글쓰기다.

AI처럼 어느 순간 풀릴 글쓰기

요즘 하루하루가 다르다. 100세 시대라 나이 마흔은 새파란 청춘이라지만, 오랫동안 책상 앞에서 살아온 나의 혈관과 근육은 벌써부터 비명을 지르기 시작한다. 이런 나와는 달리, 세상은 더더욱 젊어지는 느낌이다. 예를 들어, 얼마 전까지만 해도 포털 사이트에서 검색을 했는데, 어느 순간부터 AI로 대신하고 있다. 심지어 우리에게 필요한 내용을 추천해 주기도 한다. 이러다가 정말 AI가 인간을 초월하는 게 아닐까 하는 걱정이 앞선다.

인공지능 '알파고'가 등장했을 때만 해도 우리에겐 여유가 있었다. 가령, 영화 <터미네이터>의 인공지능 슈퍼컴퓨터 '스카이넷'에게 충성할 수 있다는 농담을 아무렇지 않게 했으니까. 그런데 이제는 그 말에 냉기가 흐른다. 그도 그럴 게 AI가 여러 분야에 걸쳐, 우리 인간의 평균 능력치보다 더 우월한 면모를 보여주고 있어서다.

한편, 나는 평소에도 세상일에 호기심이 끓어 넘치는 편이다. 전공 분야도 아니고, 굳이 알 필요가 없는 내용이라도 한번쯤 속을 들여다봐야 직성이 풀린다. 이런 내게 AI는 꽤 매력적인 탐구 대상이었다. 당시에 내 머릿속을 어지럽힌 의문을 떠오르는 대로 풀어놓자면 이렇다. '어째서 AI는 이토록 무섭게 성장할 수 있는 걸까?', '그럼에도 어떻게 여전히 성장 중인 것일까?', '무엇 때문에 학자들이 AI의 발전을 잠시 멈추자고 하는 것일까?' 그리고 이 의문이 정리될 때쯤 깨달았다. 경이로운 AI의 발전 과정과 글쓰기의 발전 과정이 닮은꼴이라는 사실을 말이다.

다들 알다시피 AI의 발전 속도는 놀랍다. 게다가 인간이 지금까지 남긴 자료를 바탕으로 학습에 학습을 더하여 자료를 스스로 추려내고, 제시하는 경지까지 왔다. 여기에서 문제는 개발자들조차 AI가 '정확히 구체적으로 어떻게' 비약적으로 폭풍 성장할 수 있는지 잘 모른다는 점이다. 개발자들은 AI 스스로 학습하도록 토대만 마련해 준 상태였기 때문이다. 그런데 그 과정이 인간의 연산으로는 이해가 힘들 정도로 복잡하다. 단적으로나마 설명해 보면, AI가 자료를 다방면으로 학습하게 하고, 각 자료의 값을 측정해 연관성이 높은 자료일수록 값을 높게 매겨, 높은 값의 단어나 정보, 자료들을 차례대로 배열해서 출력하는 형태다.

예를 들어, '백화점'이라는 단어를 입력하면, AI는 검색을 통해 그간의 자료가 해당 단어와 얼마나 연관성이 있었는지부터 파악한다. 이에 따라 명품, 프리미엄, 브랜드, 할인 등의 단어는 일차적으로 높은 연관성이 있어서 높은 값으로 분류된다. 반면, 식당, 주차장 등은 앞에 나열한 단어보다 연관성이 떨어져서 낮은 값으로 분류된다. 그러나 이건 어디까지나 일차적인 분류다. 실제 백화점과 연관성 높은 단어는 굉장히 많다. 아니, 세상 거의 모든 단어가 백화점과 연결될 수 있다. 비약이 아니다. 백화점과 귤이, 백화점과 공원이, 백화점과 배우가 연관될 수 있다. 식품코너에서 귤을 판매할 수 있고, 주변 또는 내부에 공원이 있을 수 있고, 유명 배우가 백화점에 쇼핑하러 방문했을 수도 있으니까. AI는 그런 단어까지도 값을 측정한다. 심지어 우주, 모래알, 목수와 같은 단어와의 값도 측정한다. 이 시점부터 인간의 연산으로는 따라잡기 힘들어지기 시작한다. 고작 한 단어일 뿐인데도 말이다.

AI는 이런 방식으로 세상의 거의 모든 단어와 관련해 연관성 측정을 학습해 왔다. 심지어 인간들이 정보를 확인할 수 있도록 학습한 결과를 문장으로 배열하여 출력한다. 이는 단순히 무엇과 무엇이 연관성이 높다는 일차적인 수준이 아니라, 주어지는 경우와 변수에 따라 연관성의 값이 달라지는 부분까지 스스로 연구해 낸다는 의미다. 그래서 개발자들조차 AI가 어떻게 지금의 수준에 이르렀는지는 명확히 알 수는 없다. 학습할 수 있게 만들었을지언정 그 과정까지는 세세하게 이해할 수 없는 상태가 되었다는 얘기다. 한마디로 AI가 학습하면서 스스로 특이점이 발현했다고 보면 된다.

바로 이 점이 나를 흥미롭게 했다. 인간의 '글쓰기'와 매우 유사하게 다가와서였다. 시작은 낯설고, 힘들지만, 시간이 누적되면, 글을 쓰려고 노력하는 사람에게도 어느 순간 특이점이 찾아온다. 이때 쓴 글이 작품이 될 만큼 빼어난 수준인가, 아닌가를 평가할 정도는 아니더라도, 일정 이상의 분량을 단박에 써낸다거나, 본인의 생각을 표현함에 망설이는 시간이 비약적으로 줄어드는 내공이 형성됨은 틀림없다.

AI의 특이점처럼 글쓰기가 어느 순간 풀리는 이유를 누구도 구체적으로 설명할 수 없다. 개개인이 축적한 경험과 소화 능력에 차이가 있어서 더욱 그렇다. 다만, 한 가지는 확실히 말할 수 있다. 누구에게나 특이점이 찾아온다는 것이다. 그러니 지금 당장 욕심처럼 써지지 않는다고 조급해하거나, 덧없이 여길 이유는 전혀 없다. 그저 지금의 시간을 걷는 것만으로도 우린 분명 성장하는 중이니까.

산업화된 글쓰기 현장에는 유목민이 꽤 많다. 그들은 여러 강좌를 전전하며 듣고, 돌아서서 나오며 한탄한다. "아, 이 사람도 별다를 게 없어."

왜 이런 현상이 생기고, 또 그들이 어떤 새로움을 찾고 있는지 구체적으로 알 수 없다. 그래도 짐작을 해보자면, 내가 유목민이라고 지칭한 사람 중에는 어쩌면 얼마간 글을 써서, 그럭저럭 모나지 않은 책을 출간했을 수도 있다. 출판의 장벽이 많이 허물어진 세상이니 이 단계까지는 쉬웠을 테다. 이후로 직접 글쓰기 수업을 몇 차례 진행해 봤을 테고, 누군가의 글을 손봐주기도 했을 테다. 만일 그런 날이 지속되었다면, 이리저리 기웃거리지 않았을지도 모른다. 그러나 어째서인지 수업이 끊기고, 답답한 마음에 이런저런 시도를 하다가, 결국에는 본인 수업을 의심하는 상황과 마주하지 않았을까 한다. 이에 부족한 부분을 채우고자 필드를 헤매고 있는 것이다. 이와는 전혀 다른 경우일 수도 있다. 단순히 실력 향상을 목표로 하는 글쓰기 입문자. 그래서 수업을 챙겨 듣고, 오랜 시간 문장을 단련해 봤지만, 만족스러운 결과를 만들지 못한 예비 저자가 그들이다.

어느 쪽이든 상관은 없다. 자세한 속사정은 알 수 없지만, 어떤 유형이든 공통점이 있다. 바로 그 사실이 중요하다. 여기에서 이미 잘 알고 있는 아니, 그렇다고 착각하고 있는 명제인 "문장을 간결하게 써야 한다."를 기준으로 딱 2개만 물어보겠다.

① 왜 간결하게 써야 하는가?
② 당신은 왜 간결한 문장을 못 쓰고 있는가?

대부분 ①번 질문에는 쉽게 답을 한다. 이에 따라 잘 알고 있다고 착각한다. 하지만 ②번 질문에서는 상황이 달라진다. 일단 질문을 들은 당사자는 얼굴부터 달아오른다. 십중팔구다. 그렇게 감정적으로 치닫는 사람과는 대화를 이어갈 이유도 없고, 내 노하우를 전달해 줄 이유도 전혀 없다. 감정적으로 반응하는 자체가 고민해 본 적이 없다는 뜻이니까.

내가 감히 이 책을 '기본 이론 입문편'으로 구분한 건, 정말 기본적인 이론과 연습 방법에 대해 쓰려고 마음먹어서다. 당연한 말이지만, 이게 단순히 마음을 먹는다고 되는 일이 아니다. 평소에 해당 주제와 관련하여 고민하고, 연구해서, 타인에게 더 상세히 알려주고, 익힐 수 있도록 도움을 주는 활동을 이어왔기에 글로 옮길 수 있다고 믿는다. 굳이 이런 이야기를 하는 이유는 스스로 잘났다고 말하려는 게 아니라, 여기서부터 시작해야 내가 전하고자 하는 내용이 이 책을 선택한 당신에게 더욱 잘 전달될 수 있다고 확신해서다.

이미 출간된 여러 글쓰기 서적이 있고, 유명인의 강연도 있다. 그리고 그들은 한결같이 문장을 간결하게 쓰는 게 기본이라고 한다. 분명 귀에 딱지가 앉도록 들은 말이다. 덕분에 알 수밖에 없는 명제다. 그런데 왜 당신의 문장은 나아지지 않을까? 당신은 당신의 문장이 달라졌다고 판단하지만, 왜 타인은 여전히 당신의 글에 반응하지 않는 것일까? 재미있게도 이 질문은 모두 연결되어 있다.

지금부터 답을 알려주겠다. 그 전에 전체 맥락의 이해를 돕기 위해 글쓰기 프로세스 설명부터 하려 한다. 질문에 대한 본격적인 답과 문장 강화에 대한 필수적인 이론은 그다음이다. 마음이 급하면 3장부터 읽어도 되지만, 조급해하지 말자. 모든 내용이 연결되어 있어서 순서대로 읽는 게 이 책을 200% 활용하기에 좋다. 더욱이 글쓰기 앞에서는 서두를 필요가 전혀 없다.

PROCES

글을 쓰는 자의 심장과 글을 읽는 자의 심장 사이,
그 간극과 간극을 메울 다리를 상상할 수 있는 자만이 쓸 수 있다.
그러니 글쓰기는 곧 상상력이 전부다.

"그럼, 많이 먹어봐. 밀려서 나오겠지."

종종 변비로 고생하는 사람에게 아무렇지 않게 실례되는 말을 툭툭 던지는 사람들이 있다. 옆에서 듣는 내가 얼굴이 화끈거릴 정도다. 변비란 게 혈액 순환을 비롯한 소화 장기, 섬유질 등 복합적인 문제인데, 그렇게 단순하게 해결할 수 있다면, 세상에 변비로 고통받는 사람은 없을 테다. 다행히 글쓰기에 있어서는 이런 문제를 염려하지 않아도 된다. 그저 꾸준히 밀어 넣는 'Input'

이 있으면, 저절로 'Output'이 따라온다는 뜻이다. 정말 단순하고도 정직한 순환이다.

그렇다면 무엇부터 입력해야 할까? 다른 건 둘째라 하더라도, 이 부분에서는 신경을 써야 한다. 이는 당뇨 환자가 잡곡과 채식 위주로, 고혈압 환자가 생선과 견과류가 포함된 지중해식 밥상을 차리는 것과 같은 이치다. 다시 말해, 입에 들어가기 전에 제대로 알고 넣어야 한다는 말이다.

이와 관련한 설명을 위해 내 이야기를 잠깐 하려 한다. 참고로 나는 종종 학교에 출강을 나간다. 보통 전문 직업인 특강이다. 소설가, 작가, 출판인도 전문직이다 보니 학생들에게 문화 콘텐츠 관련 업종의 비전과 관련해 알려주는 기회가 찾아오는 듯하다. 그때마다 나는 학생들에게 꼭 질문하는 게 있다. "삼다三多를 하느냐?"가 그것이다. 여기에서 '삼다'는 '다독多讀', '다상多想', '다작多作'이다. 이유는 분명하다. 이게 글쓰기의 기본 중 기본이라고 생각해서다. 내가 고등학생일 때, 시험 문제에 주관식으로 출제될 정도였다. 아마 이 책을 들고 있는 당신도 꽤 많이 들었던 내용일 테다.

그런데 내가 전문 직업인으로서 학생들에게 왜 이런 물음을 던지는 걸까? 바로 학생들이 문화 콘텐츠 관련 산업에 관심이 있는지를 확인하기 위함이다. 사실 21세기 문화 콘텐츠 산업은 그 뿌리가 스토리텔링과 이어져 있다. 즉, 글쓰기와 밀접한 관련이 있다. 이에 따라 문화 콘텐츠 산업 분야의 직업을 희망한다면, 스토리텔링 실력을 갖추어야 한다는 결론에 다다른다. 그리고 이를 뒷받침해 주는 게 삼다다.

이런 나의 질문에 대한 반응은 그간 교육 과정이 몇 차례 달라진 탓인지 삼다라는 단어를 낯설어하기는 해도, 자기 자신의 미래를 위해 궁극적으로 무엇에 집중해야 하는지는 알고 있는 눈치였다. 다만, 아래 3개에 대한 물음은 언제나 나왔다. 비단 학생들에게만 해당하는 사항이 아니리라고 본다. 여기까지 읽은 당신도 품고 있을 의문일 테니까.

① 그래서 무엇부터 읽어야 하나?
② 그래서 어떻게 생각해야 하나?
③ 그래서 무엇을 어떻게 써야 하나?

이 질문에 대한 솔직한 나의 심정은 안타깝다. 동시에 충분히 이해도 된다. 왜냐하면 세상 이치가 그러하니까. 설명을 조금 더 덧붙여보자면, 무료로 열람할 수 있는 정보는 정해져 있다. 이 말은 곧, 유료로 접근할 수 있는 정보가 따로 있다는 의미다. 이를 삼다에 비추어 보면, 삼다의 중요성까지는 무료지만 그것을 어떻게 활용하느냐에 관한 부분은 유료가 되는 것이다. 그렇다 보니 여기서부터는 개인의 차이가 벌어진다. 절실한 사람은 더 깊게 파고들고, 본질을 이해하지 못하는 사람은 우회할 것이므로.

이쯤에서 위의 물음에 대한 나의 답을 해보자면 다음과 같다.

① 그래서 무엇부터 읽어야 하나? → 당기는 것부터
② 그래서 어떻게 생각해야 하나? → 다방면으로
③ 그래서 무엇을 어떻게 써야 하나? → 당기는 걸 다방면
   으로 생각해 본 후 '재미있게 잘'

여기까지 읽고, 황당했을 수도 있겠다. 무료니, 유료니 운운해 가면서 기대치를 한껏 올려놓고 하는 소리치고는 별것 없으니까. 하지만 지금부터가 핵심이다. 그러니 진담 반, 농담 반으로 남긴 답변에 충격받지 말고, 이어지는 내용에 집중하길 부탁한다.

실제로 이 질문보다 먼저 챙겨야 할 게 있다. 다름 아닌 '왜 읽는가?', '왜 생각해야 하는가?', '왜 써야 하는가?'다. 이는 글쓰기의 세부 과정과 그 짜임새를 이해하는 과제와도 맞닿아 있다. 그다음에 앞의 3가지 질문에 대한 자기만의 해답을 찾는 게 순서에도 맞다. 더더군다나 어떤 장르, 어떤 취향의 글을 즐기고, 어떤 글을 목표로 두느냐에 따라 답변이 달라져서, 애초에 표준 답안이 있지도 않다.

이따금 고전부터 읽어보라고 권하는 이도 있지만, 나는 딱히 선호하지는 않는다. 평소에 독서를 하지 않는 사람이 짧게는 수십 년, 길게는 몇백 년 전의 이야기에서 재미를 느낄 가능성은 매우 낮기 때문이다. 당장 단테의 《신곡》과 유행하는 웹소설만 놓고 보더라도 답은 정해져 있다. 독자가 이야기의 원형 탐구나 지적 호기심에 사로잡혀 갈증을 느끼고 있는 게 아니라면, 웹소설이 단연 빠르고, 무난하게 읽힐 수밖에 없다.

여기서 작품성과 그 무게를 논하며, 두 작품을 같은 기준으로 보는 것부터 인정할 수 없다면, 당신과 나의 대화는 여기에서 멈춰야 한다. 앞서도 언급했지만, 이 책은 글쓰기 초보자와 진정으로 본인의 글에 변화를 주고 싶은 사람을 타깃으로 하고 있다. 더

불어 지금까지 내가 쌓아온 경험을 바탕으로 진솔하게 공유 중이다. 그러므로 동의할 수 없다면, 앞으로도 불편한 감정이 계속 생길 수 있으니, 책을 덮는 게 여러모로 좋다는 얘기다.

그럼에도 불구하고, 계속 읽기로 결정한 당신에게 고전보다 웹소설로 읽기를 시작하라고 한 나의 목적을 밝힌다. 독서, 글쓰기라는 세계에 대한 흥미를 계속 이어나가게 하기 위함이다. 그러려면 가벼운 마음으로 오래 읽을 수 있는 재미가 최우선이다. 그 과정을 통해 몰입의 힘을 키우면 된다.

요약하자면, 독서와 글쓰기에 익숙한 사람이 아니라면, 본인에게 흥미로운 대상부터 찾아야 한다. 그리고 그것보다 더 급한 건 글을 쓰는 짜임새를 이해하는 것이다.

고정관념에서 벗어나기

바로 이어서 글쓰기의 짜임새에 대해 이야기해 본다. 이는 다독-다상-다작으로 이어지는 일련의 흐름을 말한다. 이 3가지는 서로 끊임없이 관여하는 탓에 일반적으로는 크게 구분 짓지도 않고, 무엇을 먼저 쌓아야 한다고 생각하지도 않는다. 그래서 가르치는 이들도 이와 관련해 가볍게 다루거나 매우 단순하게 언급하는 경우가 많다. 대부분 내가 앞에서 "Input이 있으면 Output이 있다."고 말한 정도에서 그친다. '삼다'라는 문자 그대로 많이 해야 좋으니 무작정 많이 하라고, 수강생에게 책임을 떠넘기는 셈이다.

그 영향인지 대다수가 다독, 다상, 다작을 표면적으로만 이해하고 있다. 이 때문에 간결한 문장을 완성한다거나 본인이 쓴 글을 수정하는 일도 쉽지 않다. 억지스럽다고 여길 수 있지만 전혀 다른 이야기가 아니다. 왜냐하면 기본 원리를 알아야 글다운 글을 쓸 수 있고, 그 글을 고칠 수도 있어서다. 이게 비단 글쓰기에서만 해당하는 논리가 아니다. 모든 분야가 그러하다.

이에 따라 나는 글쓰기에 있어서 길을 잃지 않으려면, 글의 짜임새를 이루는 삼다를 제대로 이해하는 데서부터 출발하라고 강조한다. 그리고 다독-다상-다작순으로 이루어져야 한다고 순서를 명확하게 알려준다. 더불어 다독이 단순히 많이 읽는 것이 아니고, 다상과 다작 역시 많이 생각하고, 쓰는 게 아니라고 덧붙인다. 그건 아주 무책임한 발언이다. 즉, '많을 다多'가 붙어있지만, 그저 많이 한다고 해서 승산을 볼 수 있는 영역이 아니라는 뜻이다.

그렇다면 다독과 다상 그리고 다작은 대체 무엇을 의미하는 걸까? 우선 다독은 입력 과정 전체를, 다상은 입력한 내용을 바탕으로 한 논리 전개와 상상력, 타인에게 다가가는 방법 등을 일컫는다. 또 다작은 일생 동안 단 한 편을 써낸다 하더라도 실패한 과정 전부를 경험으로 소화해 내는 일을 의미한다. 결국 글쓰기는 개인의 취향부터 성품까지 아우르는 작업이라고 할 수 있다. 직접 쓴 글을 다시 들여다보며 수정까지 할 수 있으려면 타인의 평가에서도 자유로워져야 하고, 인내하는 능력도 갖춰야 하니까. 그런데 이 모든 자세는 결코 하루아침에 완성되는 게 아니다. 그러니 단순히 많이 하면 좋다 정도로만 짚고 넘어가서는 안 된다.

만일 당신도 그렇게 알고 있다면, 지금 당장 고정관념을 떨쳐내길 바란다. 그리고 지금부터 삼다의 개념을 나와 함께 새롭게 정립하는 데서부터 시작해 보자. 한 가지 당부하자면, 고리타분할 거라고 섣부른 판단은 하지 않았으면 한다. 가볍고, 경쾌하게 전달하고자 노력했으니까. 실제로 내가 진행하는 오프라인 강의에서도 반응이 꽤 좋으니 믿어보시라.

 라면 끓이기로 알아보는 읽기의 힘

그게 무엇이든 첫 경험은 특별하다. 그래서 질문 하나 한다. "당신은 인생에서 처음으로 직접 라면을 끓였던 날을 기억하는 가?" 참고로 나는 기억이 없다. 아니, 실패의 장면만 어렴풋이 남아있는데, 추측건대 내가 초등학생 2~3학년 무렵이었던 듯하다. 여기서 편의상 당신도 9살, 생애 처음 라면을 끓였던 순간으로 거슬러 가보자.

어떤 이유에서든 아이가 라면을 처음 끓이게 된다면, 라면 봉지 겉면에 적힌 조리법에 의존할 게 뻔하다. 냄비는 그간 어깨너머로 봐왔던 냄비를 꺼낼 테고 말이다. 여기까지는 매우 순조롭다. 하지만 애매한 조리법 앞에서 막힌다. 물을 넣고 끓이라는 건 이해되지만, 물의 양을 550ml로 맞추라고 하는 데서 동공이 흔들린다. 친절하게 괄호 안에 2컵과 3/4컵이라고 적혀 있지만, 어떤 컵을 기준으로 해야 하는지 감을 잡을 수 없다. 고민하다가 엄마 아빠는 컵 사용을 하지 않았던 것 같아 느낌에 맡기고 '그냥' 끓인다. 완성작은 십중팔구 국물이 한강이거나 국물이 다 졸아버린 라면이다. 냄비를 태우지 않는 것만으로도 천만다행이다.

그런데 글쓰기 이야기를 하다가 갑자기 왜 라면 끓이는 이야기를 꺼냈을까? '읽기'의 기본적인 힘과 관련해 나누기 위함이다. 단적인 예로 라면을 거론했지만, 요즘 세상은 그야말로 레시피 천국이다. 라면 겉봉에 적힌 조리법처럼 어떤 요리든 잠깐의 검색을 통해 쉽게 익힐 수 있다. 그 덕에 그 어떤 사전 경험이 없어도 오리불고기나 닭칼국수 같은 요리에 도전할 수 있다. 성공하지는 못하더라도 충분히 흉내 낼 정도는 된다. 여기에 기본적인 읽기의 힘이 들어있다.

한마디로 몇몇 조리법만 반복해서 읽는 것만으로도 요리의 공통 분모를 파악할 수 있다. 가령, 국물류는 육수를 잘 우려내는 게 기본이고, 볶음류는 기름을 내는 방식과 소스에 힘을 실어야 한다는 사실을 금방 알아챌 것이다. 이를 시작으로 요리에 관심이 있는 이들은 고기의 육즙을 살리는 법, 풍미를 더해주는 향을 입히는 법 등에 대해서도 차차 배워간다. 모두 읽기 작업을 통해 축적할 수 있는 정보이며, 애정만 있다면 실력도 충분히 쌓을 수 있게 해준다.

그렇다면 다독은 이렇게 새로운 지식을 얻기 위해 여러 번 읽는 행위를 말하는 걸까? 또 그렇게 쌓은 지식의 탑이 글쓰기에 힘을 실어줄까? 그렇다. 읽는 행위는 기본적으로 교양 수준을 넓혀준다. 그저 읽기만 해도 직접 경험해보지 않은 세계에 대해서도 얼마간 이해할 수 있는 힘을 길러준다. 다시 말해, 스스로 다룰 수 있는 소재의 폭이 무한정 넓어진다는 얘기다. 당연히 글쓰기에 도움이 된다. 그러니 읽는다는 건 기본적으로 무한히 긍정적인 행위다.

그런데 어딘가 모르게 이상하다. 분명히 식상하지 않을 거라고 했는데, 여기까지 언급한 내용이 누구나 알 법한 상식에서 벗어나지 않는 수준이다. 하지만 섣부른 판단은 거두길 바란다. 마음을 차분히 하고 따라온다면, 강력한 읽기의 세계를 들여다봄과 동시에 다독의 의미를 제대로 파악할 수 있을 테니까.

 1년에 100권 읽기 vs 1권을 100번 읽기

이쯤에서 하나 묻는다. "1년에 100권 읽기와 1권을 100번 읽기 중에 뭐가 더 좋은가?" 결론부터 밝히면 나는 후자를 더 선호한다. 이유는 차차 설명하기로 하고, 이 질문과 관련해 하고 싶은 이야기가 있다.

최근 SNS 덕에 '인증'과 '챌린지' 문화가 기승이다. 이미 우리 생활에 깊숙이 녹아들어 긍정과 부정의 효과를 동시에 불러일으키고 있다. 그 가운데 긍정적인 측면만 보자면 단연 '독서' 현황을 빠트릴 수 없을 것이다. 각종 매스컴에서 매년 독서 인구가 줄어들고 있다고 보도하고 있지만, SNS상에서는 먼 나라 이야기처럼 느껴지니까. '정말 한 달에 이렇게나 읽을 수 있다고?'라는 생각이 들 만큼 많은 책을 읽어내는가 하면, 독서 달력을 만들어 어떤 책을 읽었는지 공개하는 이도 있다. 이에 따라 그들에게 1년에 100권 읽기는 아주 낮은 단계의 허들처럼 보인다.

정말 긍정적인 현상이다. 그렇게 읽는 행위가 그들에게 어떤 가치인지 알 수는 없지만, 홀로 지식의 탑을 쌓는 행위가 결코 나쁠 리 없다. 그래서 진심으로 응원하는 입장이다.

다만, 글쓰기에 있어서는 100권의 책을 읽기보다 1권의 책을 100번 읽으라고 권하고 싶다. 아니, 그게 더 유용하다. 이유는 1권을 여러 번 읽는 작업이 독서 주체의 사고를 바꾸어주어서다. 정확히는 사고의 깊이를 바꾼다. 어떤 현상이든 다각도로 볼 수 있게 해주고, 책을 읽는 '나'와 현상 사이의 객관적 거리를 유지하는 힘을 키워준다. 대표적인 예로 경전 또는 고전 읽기를 들 수 있다.

조금 더 쉽게 풀이해 보자면, 불교 경전《법화경》은 부처가 설법한 장소와 그 법문을 들은 대중을 묘사하는 장면으로 시작한다. 겉으로 드러난 정보는 이게 전부다. 그런데 소위《법화경》을 공부하는 학자들이 이 단순한 정보를 바탕으로 여러 차례 관련 논문을 발표하는가 하면, 시대 변화에 발맞추어 불교 교리를 다시 살펴보는 도구로 삼기도 한다. 이런 움직임은 다른 종교에서도 마찬가지다. 여전히 성경 공부를 하며, 매번 새롭게 해석하고, 현대 대중에게 위안이 되어줄 말을 찾아서 공유한다. 그만큼 글한 편, 문장 하나가 인류에게 전달할 수 있는 가치는 인류의 수만큼이나 무한하다고 할 수 있겠다.

비단 종교서적뿐만 아니다. 당신이 한번쯤 들어봤을 법한《논어》,《맹자》,《중용》등의 고전은 깊이 읽는 단골 서적이다. 그것

두. 수백 년 전 우리의 선조 때부터. 어린 시절에 접했던 위인전을 떠올려 봐라. 앞서 나열한 책을 어린 나이에 이미 읽었다는 내용을 본 기억이 있을 테다. 여기에서 '읽었다.'는 단순히 텍스트를 낭독한 수준이 아니다. 스승과 함께 읽으면서 각 구절에 대한 본인의 생각을 나누었다는 의미다. 쉽게 말해, 요즘 유행하는 논어 필사 챌린지와 유사하다고 볼 수 있다.

그런데 내가 왜 굳이 과거 조상의 읽기 형태까지 언급하면서 1권을 깊이 읽으라고 강조하는 까닭은 무엇일까? 나의 메시지는 단순하다. 다시 말하지만, '1권의 책을 100번 읽는 쪽이 글을 쓰는 사람에게는 조금 더 유용하다.'는 데 있다. 여러 번 읽을수록 사유하는 힘이 깊어지는 덕분이다.

이 관점에서 다독은 단순히 많이 읽으라는 게 아니다. 눈치가 빠른 이들은 바로 이해했으리라. '읽음'은 곧 '생각함'으로 이어지고, 나는 그 지점을 굉장히 중요하게 본다. 그렇다고 여기에서 바로 다상으로 넘어가지는 않을 것이다. 나에게는 여전히 다독과 관련하여 풀지 않은 보따리가 더 있으므로. 단번에 달리면 숨이 찰 수도 있으니, 그건 다음 페이지로 넘긴다.

1년에 100권 읽기를 유용하게 만드는 법

앞의 이야기에 이어가 본다. '1년에 100권 읽기'가 나쁘다는 게 아니다. 1년에 100권 읽기와 1권을 100번 읽기 중 양자택일을 해야 하는 전제가 있어서였지, 그 자체로도 꽤 강력한 힘이 있다.

다만, 좋은 글쓰기로 이어지게 하려면 염두에 두어야 할 게 있다. 이와 관련한 이야기를 나누기 전에 우리가 알아야 할 부분이 있는데, 바로 1년에 100권 읽기와 글쓰기는 완전히 다른 영역이라는 사실이다.

모든 사람이 그렇다는 건 아니지만, 1년에 100권을 읽는 사람들의 도서 목록을 살펴보면, 대체로 자기계발서다. 이는 단순히 교양 또는 문예서적보다 잘 읽혀서가 아니다. 독서 주체의 기호와 목적성에 따른 현상이다. 문자 그대로 독서를 통해 얻고자 함이 자기 계발에 있다. 인생에서 어떤 단계나 목적을 이루고자 그 수단으로 독서를 활용하기 시작했다는 뜻이다.

이런 식의 독서는 책을 읽는 당사자에게 시대 흐름에 민감하게 반응할 수 있는 힘을 주고, 긴장감을 유지하며 끊임없이 스스로 동기 부여할 수 있도록 도움을 준다는 장점이 있다. 짧게 말해서 오늘을 살아갈 밑천이 되어주는 셈이다. 게다가 의도적으로 하나의 분야와 관련한 서적을 집중적으로 읽는다면, 단시간에 해당 분야의 전문가처럼 보이는 효과도 얻을 수 있다.

이 역시 좋지만, 탄력 있는 문장으로 성장하려면 100권을 최대한 다양하게 구성하는 게 좋다. 맞다. 나는 지금 하나에 정통하기보다는 얕은 지식을 최대한 넓게 가지라고 권하는 중이다. 지식의 창고가 크고 다채로울수록 나눌 수 있는 소재가 많아지는 법이니 확실히 유용하다.

당연히 한 분야의 확고한 전문가이고 싶은 사람은 내 말에 쉽게 동의를 못 할 수도 있다고 본다. 그러나 그럴수록 더 다양하게 읽어야 할 필요가 있다. 아는 것이 많아질수록 하고 싶은 말이 늘어나는 건 당연한 이치다. 문제는 이때 발생한다. 그게 정말 타인에게 필요한 정보인지, 전달하는 과정이 재미있어서인지 전혀 모른 채, 그저 알리는 데 심취하여 글을 씀으로써 방향을 잃은 문장이 되는 경우가 많기 때문이다.

자고로 글이 읽혀서 생명을 가지려면 필수적으로 간결해야 하며, 재미있어야 한다. 아니, 최소한 둘 중 하나는 갖추어야 한다. 관심이 덜하더라도 타인이 세상에 내어놓는 결과물을 접해야 하는 이유가 여기에 있다. 그러니 오늘보다 더 나은 내일의 글쓰기를 위해 최대한 다양하게 읽어보도록 하자.

 다독이 되어주는 '경험'

개인적으로 나는 외부에서 유입되는 정보 즉, 나에게 입력되는 모든 Input이 다독에 포함된다고 본다. 그중 가장 강력한 건 단연 '경험'이고 말이다.

지금까지 내가 여러 차례 강연을 하면서 느끼는 부분 중 하나는 나보다 독서량이 월등히 많은 사람이 아주 많다는 사실이다. 그런 그들을 보며 경외심이 들기도 하는데, 나는 단순히 운이 좋아서 지금의 자리에서 버틸 수 있는 게 아닌가 하는 생각이 들 정도다. 그마저도 유년기에 읽은 여러 잡다한 서적 덕분이다. 그만큼 나의 독서량은 형편없는 수준이라는 뜻이다.

이처럼 나를 감탄하게 하는 이들은 문장에서도 단단함이 느껴진다. 짧은 글에서도 인용구가 예사롭지 않고, 기초가 탄탄하여 수업 내용을 바로바로 소화할 정도의 센스까지 있다. 그런 그들이 수업을 듣는 이유는 뭘까? 바로 탄탄한 기본기에도 불구하고, 문장에서 문장 그리고 문단에서 문단으로 넘어가는 구간이 약하고, 전체적으로 글이 매끄럽게 보일 수는 있으나 최종적으로 독자에게 메시지 또는 감동을 전달하는 힘이 약하기 때문이다.

나는 그 근거를 경험의 부재에서 찾는다. 물론, 독서는 우수한 간접 경험임은 틀림없다. 하지만 직접 경험에 비할 수는 없다. 간접 경험은 직접 경험보다 소화력이 약할 수밖에 없다. 앞서 예시로 들었던 라면 끓이기 도전만 놓고 봐도 알 수 있다. 조리법이 아무리 자세히 적혀 있어도 첫 도전자에게는 예상 못한 진입장벽이 있기 마련이다. 이에 따라 제대로 완성된 음식을 만들려면, 결국 최소 한 번 이상은 직접 조리를 해봐야 한다. 그 과정을 통해 문자로 표기된 '2컵과 3/4컵'이라는 미묘한 양을 자신만의 기준으로 소화할 수 있게 된다.

또한 간접 경험은 주체와 정보와의 거리도 객관적이다 못해 다소 비현실적인 면이 있다. 소설가가 아무리 등장인물의 사연을 구구절절하게 나열해 두어도, 독자는 그 감정이 거짓임을 인지하고 있다. 간혹 깊게 빠져들어 눈물을 흘린다고 해도, 이내 붉어진 눈시울을 진정시키고 현실로 돌아올 수 있는 이유도 바로 그것이다. 단적인 예로, 어제까지 동화 신데렐라를 읽으며 고아에 대한 연민을 키운 아이가 하루아침에 고아가 되었다고 가정해 보자. 그 아이가 어제와 오늘 느꼈을 정서적인 감정 변화의 폭이 과연 같을까?

이는 비단 문예 작품에만 국한되는 이야기가 아니다. 심적 거리의 문제는 또 다른 형태로 교양서적이나 자기계발서에서도 나타난다. 독자들은 저자가 직접 이룬 성과에 열광할 뿐 기존 정보를 취합한 서적에 열광하지는 않는다. 전혀 몰라서 책을 읽는 게 아니라 알아도 다시 더 생생하게, 직접 경험한 자만이 말할 수 있는 부분이 궁금하여 읽는다.

그렇다고 경험을 통해 생산한 문장만이 오로지 최고라고 말하려는 건 아니니 오해 없길 바란다. 분명히 풍부한 간접 경험은 직접 경험으로 인해 거쳐야 하는 여러 과정을 단순화시켜 준다. 이로써 시간과 비용을 절약할 수 있고, 감정 과잉을 통한 에너지 소모도 막아준다. 다만, 밀도의 차이는 넘어서지 못한다. 직접 경험은 스스로 예측하지 못한 사고의 범위를 단번에 무너뜨릴 수 있는 강점이 있으므로. 말 그대로 경험해 본 자만이 전할 수 있는 영역이 분명 존재한다. 읽기를 비롯한 간접 경험으로 그 벽을 넘어서기 위해서는 간접 경험의 양을 압도적으로 늘려야 한다.

AI의 등장으로 그 필요성은 더욱 커졌다. 좋게 말해서 간접 경험, 나쁘게 말하면 짜깁기 형태로 만든 책은 앞으로 점점 더 출간이 어려워질 게 분명하다. 조금 더 상세히 설명하자면, 여태까지는 여러 자료를 취합하여 요약하는 것만으로도 책을 출간할 수 있었다. 그런데 이제 이런 작업은 AI가 손쉽게 해줄 수 있는 영역이 되었다. 다시 말해, 저자만의 독특한 인식의 영역만이 차별화 지점이다. 헌데, 이건 하루아침에 만들어질 수 없다. 직·간접적 경험의 누적으로 저자의 인식이 실제로 전환되거나 한 차례 사고의 벽을 깼을 때만 가능하다. 글은 창작자의 인식 범위를 결코 넘어설 수 없으니까.

이 정도로만 해도 다독에 관해서는 충분히 다룬 듯하다. 이제부터는 내가 가장 중요시하는 읽기와 생각하기의 연계 과정이 이어질 테니, 숨 한번 고르고 따라와 주길 바란다. 그 전에 당신의 수고를 살짝이라도 덜어주고자 내가 했던 이야기를 간추려 나눠본다.

① 다독은 글쓰기 전체 공정에서 입력(Input)의 단계다.
② 입력은 단순히 정보를 읽는 것에서부터 직접 경험하는 것까지 포함한다.
③ 1년에 100권 읽기도 좋고, 1권을 100번 읽기도 좋다.
④ 글쓰기에 더 유용한 건 1권을 100번 읽기 쪽이라 본다.
⑤ 읽기보다 더 중요한 건 '직접 경험'이다.

앞서 언급했듯이 여기서부터는 '다상'에 관한 이야기다. 어떤 생각이든 맨땅에서 자라날 수 없다. 현실적이지 못하거나 실현 가능성이 전혀 없는 상황을 막연히 떠올려보는 공상마저 딛고 설 작은 발판이 있어야 한다. 무에서 유를 창조하는 건 어디까지나 신의 영역이니까. 우리 인간에게는 발판이 필수품이며, 이 필수품은 입력을 통해서만 얻을 수 있다.

글쓰기에 있어서도 마찬가지다. 많은 사람이 글쓰기를 어려워한다. 각자의 이유가 있겠지만, 나는 절반 이상이 입력이 부족하거나 입력을 기반으로 한 생각하는 힘이 부족하기 때문이라고 본다. 즉, 글쓰기의 발판이 되어줄 요소가 탄탄하지 않은 셈이다.

이런 현상은 특강을 진행할 때도 자주 접한다. 제시어를 내어주고 간단한 문장이나 글을 쓰도록 유도하면, 쉽게 시작하지 못하는 수강생들이 있는데, 그들 대부분이 이렇게 말한다. "특별한 걸 써야 할 듯한데 당장 떠오르는 게 없어요." 그러면서 뭔가를 빠르게 적어 내려가는 옆 사람들을 부러운 눈빛으로 바라본다. 더욱이 이들은 제시어를 듣고 떠오르는 이미지가 있어도 스스로 신뢰하지 못한다. 안타깝게도 그런 상태로는 어떤 장면도 잡아두지 못한다. 대수롭지 않은 소재라고 생각하는 자체가 뇌에서 부정당했다고 받아들일 수 있어서 머릿속에서 금세 사라져 버리고 만다. 당연히 어떤 문장도 탄생할 수가 없다.

예를 들어, '외식'이라는 단어가 주어지면 가족 또는 연인의 얼굴부터 그려지기 마련이다. 대다수가 특별한 날 외식을 하는 경향이 있고, 그 특별한 날을 기념하기 위해 가까운 이들과 식사 자리를 마련하는 경우가 많을 테니 매우 자연스러운 연상이다. 나는 이런 일차적인 연상이 나쁘지 않다고 생각한다. 아니, 오히려 매우 좋다는 쪽이다. 직접 경험한 것이니 떠오르는 대로 잘만 조합해도 좋은 글이 될 수 있어서다.

그런데 문제는 그렇게 상기한 자신의 경험을 다른 사람도 다 했을 흔한 대상으로 치부해 버릴 때 생긴다. 위에서 얘기했듯 존재 자체를 부정당했으니 다른 이미지를 떠올리기는커녕 시작조차 하지 못하게 되는 것이다. 그리고 이런 연습을 여러 차례 겪으면서 입력 내용이 풍부해지면, 저절로 알게 된다. 어떤 제시어든 만들 수 있는 문장과 스토리가 무궁무진하다는 사실을 말이다.

계속해서 외식으로 설명을 곁들여 보자면, 외식을 했던 당시 느낀 불친절 또는 수저를 통해 급식 문화로 주제를 변경할 수 있다. 하지만 입력값이 부족하고, 그를 바탕으로 생각하는 힘이 약하면, 이런 연상은 그저 그림의 떡에서 벗어날 수 없다.

이로써 다독이 소재 창고를 늘리는 작업이라면, 다상은 입력된 정보들 중에서 소재로 적합한 아이템을 찾고 발전시키는 일이다. 여기에서 분명히 알아둘 부분은 자기에게 들어온 정보를 토대로 하는 작업이니 쉽다면 매우 쉽고, 숱한 시행착오를 겪을 수 있다는 점에서 어렵다면 어렵다는 점이다.

한번 더 외식 이야기로 돌아가 보자. 가족이나 연인 모습은 일차적 연상이라고 했다. 한마디로 매우 쉽게 불러올 수 있는 형상이다. 어려운 건 그다음부터다. 누구나 겪었을 경험을 특별하게 바꾸기 위해서는 적절한 가공이 필요하니까. 그 과정에서 아래와 같은 연상 과정을 거치게 된다.

외식 - 가족의 이미지 - 어린 시절 부모님과 외식했던 경험 - 당시 외식을 했던 이유 - 인상적이었던 음식 - 인상적이었던 대화 - 요즘 외식 경험과 비교

이는 순간적으로 그려진 그림에 따라 자연스럽게 떠오르는 부분을 일차적으로 나열한 것이다. 글을 쓰는 사람은 이렇게 떠오른 생각 중에서 다음처럼 문장으로 옮길 핵심적인 내용만 추려낼 줄 알아야 한다.

외식 - 어린 시절 부모님과 외식했던 경험 - 당시가 인상적인 이유 - 요즘 생활이나 인식과 비교

복잡하게 얽힌 요소를 간략하게 정리한 다음, 설득의 기술로 글의 말미에는 요즘의 트렌드도 살짝 얹는 형태다. 이런 구상은 글을 쓸 때마다 짜내는 게 아니라 머릿속에서 저절로 빠르게 정리가 이루어져야 한다. 물론 개인차는 있겠지만, 반복 훈련을 통해 입력 정보를 누적하여 생각하는 힘이 커지면, 글로 옮기기 전에 정리할 수 있는 정보의 양이 급격히 늘어난다. 그럼 이 작업은 점점 더 섬세해질 수밖에 없다.

여기까지가 다독에서 다상으로 넘어가는 기본적인 전개, 상호작용의 흐름이다. 이제는 생각에 날개를 다는 '상상력'에 대해 알아보도록 하자.

문장에 가치를 더해주는 '상상력'

이번 핵심 키워드는 '상상력'이다. 이것이 '생각'에 결코 빠질 수 없는 요소임을 당신도 공감할 테다. 그리고 이를 설명하기 위해 만화로 이야기를 시작해 볼까 한다.

참고로 나는 한국 소설만큼이나 일본 만화의 영향을 받으며 자랐다. 스스로 교과서처럼 분석하며 읽은 작품이 한둘이 아니다. 실제로 나는 만화를 통해 많은 도움을 받았는데, 이번에 다룰 소재는 <드래곤볼>이다.

1990년대를 보낸 독자라면, 직접 보지는 않았어도 <드래곤볼>이나 <슬램덩크>, <에반게리온> 등 일본 애니메이션 제목을 심심찮게 들어봤을 테다. 그만큼 당시 일본의 만화 산업은 절대적인 경지였다. 인정하기 싫어도 우리가 'K-웹툰'이라고 자부하는 만화 산업은 상당히 오랜 시간 그런 일본의 영향을 받으며, 밑바탕을 다져왔다. 실제로 1976년에 발표된 김청기 감독의 <로보트 태권 V>는 나가이 고 원작의 <마징가 Z>의 디자인을 상당 부분 참고했고, 1995년 범아시아 프로젝트로 홍보되었던 <돌아온 영웅 홍길동>의 일부 연출은 <드래곤볼>의 연출과 다를 바가 없었다. 전 세계를 무대로 쭉쭉 뻗어나가는 K-웹툰의 시대에 볼품없는 우리 문화의 과거사를 거론하는 게 불편할 수도 있겠지만, 나는 낯부끄러운 우리의 지난날을 들추려는 게 아니다. 오히려 그런 시절을 다 견디고 오늘에 이르렀음이 자랑스럽다. 그렇다면 나는 무엇을 말하려는 걸까? 앞에서도 살짝 언급했듯이 "하늘 아래 인간이 만든 것 중 완전히 새로운 아이디어로 탄생한 창조물은 없다." 이게 핵심이다.

여기서 잠시 <드래곤볼>의 산업 규모를 얘기해 보자면, 전성기를 훌쩍 넘긴 2021년에만 전 세계 미디어믹스 총매출이 약 277억 달러였다. 이 밖에도 작가 토리야마 아키라의 불편을 해소하기 위해 나고야에서 그의 전용 도로를 만들어주었다는 일화는 아주 유명하다.

그럼, <드래곤볼>은 어떻게 세계를 상대로 이런 인기를 누릴 수 있었을까? 여러 이유가 있겠지만 나는 단연 '장풍'을 꼽는다. 오리엔탈리즘으로 범벅된 영화 <스타워즈>의 흥행으로 이미 증명됐지만, 서구인들은 얼마간 동양에 대한 환상을 품고 있었다. 아니, 현재도 계속 이어지고 있다. 그런 그들에게 인간이 기를 모아 손바닥으로 무언가를 뿜어낸다는 설정 자체가 황홀했을 테다. 해외에서는 그렇다고 하더라도 『사조영웅전』, 『의천도룡기』 등 김용 작가의 무협지를 통해 장풍과 장법에 익숙한 한국인은 왜 열광을 했을까?

나는 비슷하지만 완전히 다른 차별화에 있다고 믿는다. 우리 가 미디어믹스의 연출을 통해 본 장풍은 단순히 '바람'이었다. 쉽 게 설명해 기술을 펼치는 사람이 손바닥을 앞으로 밀면, 강력한 돌풍이 전방으로 순식간에 뻗어나가는 식이다. 반면, <드래곤볼> 의 '에네르기파'는 두 손을 끌어모은 후 앞으로 힘껏 내밀면 '강력 한 빛'을 로켓처럼 쏘아 보내는 형태였다. 바람을 빛으로 바꾼 것 이다. 이렇게 텍스트로만 보면 크게 다를 것 없다 싶지만, 이미지 로 마주했을 때 느끼는 카타르시스에는 엄청난 간극이 있다.

이쯤에서 질문을 던져본다. 그럼, 토리야마 아키라는 어떻게 에네르기파를 빛으로 구현할 생각을 했을까? 여기에도 "하늘 아 래 인간이 만든 것 중 완전히 새로운 아이디어로 탄생한 창조물 은 없다."라는 전제가 작용한다.

첫째, 기존에 이미 장풍이 있었던 덕분이다. 상대에게 강력한 바람을 내뿜는 무술은 우리 머릿속에 각인되어 있었다. 이 사실을 인지한 작가는 비틀기를 시도했다. 실제 작품에서도 거북 도사가 "시원한 바람을 선사하마."라며 우리에게 익숙한 장풍을 사용하는 장면이 묘사되어 있기도 하다. 그렇다. 작가는 사람들이 무술을 판타지로 마주했을 때 어떤 기술에 매력을 느끼는지를 파악한 상태였고, 그 기술을 새롭게 바꿀 판단을 한 것이다.

둘째, 우주 로켓의 존재다. 정확히는 로켓이 발사되는 모양이다. 강렬한 빛과 폭발음, 추진을 위해 분출되는 고온 고압의 가스는 누가 봐도 강렬하다. 그런 강렬한 형태를 빌려옴으로써 에네르기파의 강력함을 전달했다. 또 등장인물들의 입을 빌려서 여러 차례 '손에서 로켓 같은 걸 쏘는 사람'이라는 표현으로 그의 아이디어가 어디에 기반을 두었는지를 어필했다.

글쓰기도 마찬가지다. 상상력은 결국 자신의 눈에 담은 것에서 가지를 뻗어 나간다. 그러므로 여기에서 다독의 중요성을 다시 강조할 수밖에 없다. 다독을 통해 직·간접적인 경험과 정보를 쌓아야만 그중에서 하나를 골라 창조의 씨앗으로 품을 수 있고, 그 씨앗에서 싹을 틔워 잎을 내게 만드는 상상을 할 수 있으니까.

여기까지 내가 한 이야기를 근거로 하면, 글이 써지지 않는 이유는 분명하다. 기본적으로 다독과 다상이 매우 부족한 상태다. 이는 사회적으로 성공을 거두고, 재산이 많아도 비껴갈 수 없는 진리다. 그가 성공을 위해 지금까지 했던 많은 노력과 인생을 통해 얻은 정보의 목적이 오직 성공에만 고정되어 있어서 글쓰기를 위한 다상으로 이어지지 않은 파편에 불과하기 때문이다. 그런 상태에서는 글이 쉽게 나오지가 않는다. 타인에게 알려주고 싶은 내용과 인생의 팁이 수도 없이 많더라도 이해를 도와줄 적절한 비유는커녕 정리도 제대로 안 된다. 그저 스스로 일했던 노동의 현장, 만났던 사람들의 얼굴, 긴장으로 온몸이 떨리던 선택의 순간만 떠오를 뿐이다.

다시 말하지만, 다독은 직·간접 경험의 총체 즉, 입력이다. 그리고 입력된 모든 정보는 곧 소재다. 이 소재를 소재답게 만들어주는 건 상상력이다. 이 메시지를 전하기 위해 어렵게 내가 즐겨 읽던 만화 이야기를 꺼내 들었으나 단순하게 받아들이면 된다. 우리는 입력된 정보를 토대로만 상상할 수 있으니 실용서를 쓰든, 에세이를 쓰든, 문예 작품을 쓰든, 상상력을 키워야만 한다. 모든 문장은 상상력에서 출발하기 때문이다.

누구도 단순 사실만 적힌 글은 반기지 않는다. 그쯤은 누구나 검색 또는 AI를 통해 확인할 수 있는 시대이므로. 필요한 건 독자의 감성을 자극하고, 독자의 가려운 곳을 정확히 예측하여 긁어줄 수 있는 문장이다. 그런 문장은 사실 기록으로만 만들어질 수 없다. 글을 쓰는 자의 심장과 글을 읽는 자의 심장 사이, 그 간극과 간극을 메울 다리를 상상할 수 있는 자만이 쓸 수 있다. 그러니 글쓰기는 곧 상상력이 전부다. 적절한 비유와 감성을 자극하는 문장들은 모두 원본의 가치를 새롭게 만드는 상상력에서 비롯한다.

　상상력이 발휘되는 과정을 조금 더 상세히 들여다보자. 실제로 내가 이야기를 구상하는 방식임을 밝혀두고, 아주 짤막하게 보여주겠다. 믿거나 말거나 예시글은 즉석에서 바로 써낸 것이다. 글쓰기 기본 이론에 관해 말하고 있던 중이니 주인공을 자신의 책을 쓰려는 동기 부여 강사 K로 설정하고, 이어 나가 본다.

　K는 강사답게 그간 많은 책을 읽었다. 일부러 시간을 내서라도 매일 챙겨 읽을 정도다. 그로 인해 시력도 많이 나빠졌지만, 주변에서는 그 사실을 전혀 모른다. 대중을 상대로 강연을 하는 직업이다 보니 겉으로 보이는 이미지 관리도 철저해서, 평소에는 늘 렌즈를 착용하고 있어서다. 이런 열정에 K는 맡겨진 강연을 곧잘 해낸다. 책을 통해 얻은 내용을 적재적소에 활용하여 수강생들에게 좋은 피드백을 받는 일이 흔하다. 그래서인지 굳이 나서지 않아도 강연 제안이 이어진다. 그만큼 실력을 인정받고 있다는 얘기다. 이런 분위기에 K는 슬슬 욕심이 나기 시작했다. 바로 저자가 되는 일이다. 그간 읽어온 책도 내용이 비슷비슷했으니 잘만 하면 본인도 직접 책을 쓸 수 있겠다는 생

각이 든 것이다. 책을 출간하면 훨씬 더 전문가처럼 보일
테니 말이다. K는 단단히 마음을 먹고, 블로그에 써뒀던
글을 추려보기로 했다.

여기까지 읽었을 때 어떤가? 재미가 아니라 있을 법한 인물로
받아들여지느냐를 묻는 거다. 빠르게 쓰려다 보니 이런저런 외형
적 묘사는 생략했지만, 나는 K에 대해 충분히 설정을 한 듯하다.
당신이 여기에 공감한다면, 그건 일차적으로 내가 사람을 여럿 관
찰해 왔기에 가능했다고 말할 수 있다. 다음으로는 생각을 몇 차
례 다듬으며 K를 상상함에 따른 결과라고 자신한다. 이렇게 주인
공이 등장했으니 앞으로의 서사는 K의 행동에 의해 알아서 굴러
갈 테다. 혹 더 극적인 재미를 더하고 싶다면, 주인공에게 적절한
시련을 주거나 그의 강렬한 욕망을 보여주면 된다. 그렇다고 많
은 문장이 필요하지는 않다. 아래의 문장들로 충분하다.

블로그를 들여다본 K는 당혹스러웠다. 꽤 많은 양의 글이
있었지만, 한 권의 책으로 엮으려니 그 시작을 어찌해야
할지 감이 오질 않았기 때문이다. 하나같이 좋은 내용이라
뺄 수가 없었고, 그렇다고 다 같이 엮으려니 중심을 잡아
줄 글감을 고르기가 난감했다. 아침에 눈을 뜰 때마다 긍

정적인 기운으로 기합을 넣던 K였지만, 원고를 보고 있자
면 식욕이 떨어지고, 마음만 답답해졌다.

이후 이어질 이야기가 평면적인 형태라면, K는 주변인의 도움
이나 외부 자극을 통한 깨달음으로 책 쓰기에 성공하게 될 게 분
명하다. 그리고 그 과정은 초보자들이 공감할 수 있는 여러 요소
로 채워지리라. 그런데 여기에서 그 과정을 전부 다 보여주지는
않을 것이다. 우리가 집중할 곳은 K의 이야기가 아니라 상상력을
발휘하는 법이니까.

본론으로 들어가면, K는 나의 인물 관찰에 의해 탄생했다. 여
기에서 "어디까지가 관찰이고, 어디서부터 상상이 덧입혀진 것인
가?"와 같은 궁금증이 생길 수 있다. 하나하나 짚어보면, 동기
부여 강사라는 직업군은 순전히 관찰과 경험에 의해서다. 나 역
시 종종 강연을 하면서 강사들을 만나는데, 대부분이 프리랜서
라서 기본적으로 본인 직업에 대한 열정이 있다. 활동이 곧 사업
의 매출로 이어지니 느슨한 경우가 잘 없다. 여기서 독서를 매우
열심히 한다거나, 렌즈를 착용한다는 설정은 상상이며, 순식간
에 몇 차례 다듬은 부분이다. 자신의 직업에 열정적인 사람이란
걸 드러내고자 단계적으로 발상한 결과다. 이후에 나열한 책 쓰

기 욕심과 좌절은 순전히 나의 의도된 메시지다. 이로써 앞의 관찰과 상상은 나의 계획된 장치가 되는 셈이다.

눈치 빠른 독자라면 이 사실을 이해했으리라 본다. 결국 상상력은 물이 높은 곳에서 아래로 흐르듯이 글을 쓰는 창작자의 생각과 메시지를 타고 흐르며, 글을 쓰고 있지 않는 동안은 창작자의 평소 인식과 관심을 타고 흐른다.

이를 근거로 내가 K를 예시로 든 건 다분히 의도적이다. 이 책을 선택한 당신도 K와 같은 곤란을 겪고 있을 거라고 생각해서다. 그간 쓴 글이 없지도 않고, 많게는 한 권 분량에 달하는 글도 있지만, 주변의 반응이 아주 냉랭한 경우 말이다. 만일 그렇다면 당신은 K와 같은 고민에 빠질 수밖에 없다. 그 고민에 빠지는 이유는 매우 단순하다. 주제 의식이 약해서다. 쉽게 말해, 책이 완성된 이후의 결과에만 관심이 있고, 전달하고자 하는 메시지에는 무심해서다. 이런 상황에서는 상상하거나 생각하기가 어렵다. 출발점이 없는 상태와 다를 바가 없으니까.

상상에는 뿌리가 있어야 한다. 그 뿌리에서 가지를 뻗어나가야 한다. 그런데 많은 초보 작가가 이 부분을 인식하지 못하고 글쓰기에 덤벼든다. 웹소설이나 판타지에 흠뻑 빠진 지 얼마 되지 않은 이들이 대표적이다. 그들은 주인공에게 갖가지 멋진 설정과 고유 기술을 부여하는데, 듣고 있자면 정말 멋진 수준이다. 예를 들어, 타인의 그림자를 타고 어둠 속을 이동할 수 있다거나, 사람의 피를 뽑아 꽃을 피워 그것을 칼날처럼 휘둘러 누군가를 벨 수도 있다는 상상은 그 자체로 충분히 흥분할 만하다. 그러나 안타깝게도 쉽게 소설로 탄생하지 못한다. 연재를 시작하더라도 10화에도 채 이르지 못하고 중도에 사라진다. 바로 "나열한 장치와 무술이 궁극적으로 무엇을 의미하는 것인가?"에 대한 질문에 답을 할 수 없어서다. 근본이 되는 뿌리가 없으니 스토리가 확산되지 못한 채 인물들의 등장과 만남에서 그대로 정지되어 버려 더는 서사를 이어 나갈 수 없는 것이다.

이는 한 줄 문장 쓰기에서부터 각 장르의 모든 글쓰기에 이르기까지 장르 불문의 공식이다. 글쓴이 스스로 타인에게 진정으로 전하고 싶은 메시지가 존재해야 한다. 그게 없어도 무언가를 쓸 수 있지만, 글은 정확히 딱 그만큼 세상에 나온다.

K의 렌즈를 한번 더 예시로 들면서 글을 맺겠다. 나에겐 의도된 메시지가 있었다. 그 메시지를 효과적으로 전달하기 위해서는

K가 열정적인 인물이어야 했다. 인물의 열정을 나타내기 위한 외향적인 묘사는 매우 쉽다. 그렇다고 책을 너무 읽어서 두꺼운 안경을 쓴다는 건 단조로워서 신선하지 않으니 렌즈를 선택했다. 그게 우리가 떠올리기에도 K가 남자든 여자든 그쪽이 훨씬 더 인물이 좋아 보일 테니까.

생각과 상상은 이처럼 뿌리에 기반을 두고, 가지를 펴야 쉽다. 그것도 단계적으로 확장해야 한다. 만일 막히는 순간이 온다면, 뿌리까지 걸어온 길을 재빨리 되돌아가 보는 게 좋다. 생각이 나지 않는 상태로 계속 고민하는 건 결코 아무런 도움이 되지 않으므로.

다작=게임의 레벨 UP

'다작'은 마지막 단추다. 다독과 다상을 통해 문장으로 쏟아내면서 부족함을 채우기 위해 순환하는 단계이므로. 그러니 다작을 단어 곧이곧대로 해석하여 무작정 많이 쓰는 것이라고 받아들여서는 안 된다. 또 내가 여기서 말하는 작품은 완성작이 아닌 습작품임을 일러둔다. 책 쓰기가 목표이니 바로 본문을 쓴다는 마음으로 접근했다가는 실패의 지름길에 빠질 수 있으니까.

솔직히 처음에 탄생하는 문장은 불완전하다. 빈틈투성이다. 명확한 주제로 직진해도 문제가 생긴다. 그런 글은 대체로 단조로우며, 단조로운 만큼 강렬함이 없어서 전반적인 재미가 떨어질 수밖에 없다. 그렇다고 새로운 장치를 추가하면 자칫 글 전체가 늘어지기 십상이고, 단박에 이해를 못하는 독자는 실망감으로 돌아설 수 있다. 그뿐만 아니다. 트렌드를 따르는 문장을 손에 넣었다고 방심하는 순간, 이내 낡은 방식으로 취급받을 수도 있다. 그만큼 오랜 수련과 꾸준한 공부가 필요한 영역이 글쓰기다.

이런 이유로 작품을 단번에 완성하겠다는 결심은 위험하다. 대신, 하고 싶은 이야기가 끓어 넘칠 때까지 문장을 모아가는 시간을 갖는 걸 권한다. 마치 게임을 즐기듯이 말이다. 갑자기 웬 게임인가 싶기도 하겠지만, 다작의 과정은 게임 레벨 올리기 과정과 꽤 흡사하다. 일정 작업을 무한 반복하여 다른 도전자들보다 더 좋은 문장력을 손에 넣는 것이니 말이다.

실제로도 수많은 글에 게임 문화가 스며들어 있다. 대표적으로 웹소설을 꼽을 수 있는데, 20년 전쯤에는 게임을 소설의 주제를 부각시키기 위한 하나의 소재로 끌어오는 정도였다면, 이제는 노골적으로 소설의 세계관이 게임에 기반을 두는 경우가 흔하다. 주인공이 게임 속 세상에 갇히거나 현실이 게임처럼 변하기도 한다. 그 과정에서 주인공은 게임처럼 레벨을 쌓아 새로운 기술을 익히는 식이다.

덕분에 게임을 즐기는 이들의 입장에서는 이런 장르의 소설이 아주 쉽게 읽힌다. 작품 속 세계나 설정을 이해하기 위한 많은 지식이 필요하지 않아서다. 특히, 게임에서 레벨 상승은 치트키와도 같아서 대부분의 문제를 해결해 준다. 이게 소설에 적용되면 전개가 매우 단조로워진다. 주인공에게 처한 곤란이나 인물 간의 갈등이 레벨 상승 앞에서 무기력해지므로. 이로써 일명 '사이다 전개'를 원하는 다수의 독자는 그 맛에 웹소설을 손에서 놓지 않는다.

이렇듯 게임은 참으로 단순한 시스템을 기반으로 한다. 유저에게 행동을 취할 것을 요구한 이후에 그에 따른 보상을 준다. 이게 게임의 기본 법칙이다. 예를 들면, 유저에게 토끼 10마리를 잡아 오면 그에 따른 보상으로 아이템을 주고, 100마리를 잡아 오면 레벨을 상승시켜 준다. 한마디로 게임에 더 익숙해진 자에게 명예를 제공한다는 조건이 전부지만, 하나같이 그 맛에 빠져 게임을 즐긴다.

문장을 연마하는 과정도 이와 조금도 다르지 않다. 매우 단순하다. 쓰고, 평가받고, 고치고, 평가받고, 다시 쓰고, 평가받으면서 다듬어진 문장을 정리하는 작업의 연속이다. 이 흐름 속에서 글쓰기는 일상의 호흡처럼 자리 잡는다. 그러면서 자신도 모르는 사이에 훌쩍 성장을 해, 어느 지점부터는 어떤 장르의 글쓰기든 일단 내질러 보는 배짱도 생긴다. 긴장으로 다소 떨리는 마음쯤은 즐기는 단계에 들어선 것이다. 그쯤이면 타인의 어설픈 평가에 겉으로는 수긍해도 속으로는 결코 먼저 굽히지 않는 단단함도 생긴다. 또 인생에서 버킷리스트로 둘 만큼 대단했던 책 한 권 쓰기의 벽이 낮아져, 하루에 일정 분량을 꾸준히 쓰면서 꿈을 실현하기도 한다.

글쓰기와 게임에 차이가 있다면, 그건 모호함일 것이다. 게임은 명확히 유저에게 제시하는 수치나 임무가 있는 반면, 글쓰기는 개개인의 차이가 크고, 지극히 내적 변화를 통해 감지할 수 있다. 이에 따라 다작의 과정이 게임처럼 마냥 즐겁지 않을 수도 있다. 경우에 따라 정체되는 시간을 못 견디고, 조바심과 답답함을 크게 느끼기도 한다. 심지어 중도 포기하며 펜을 놓는다. 글쓰기도 게임처럼 누구에게나 보상이 돌아오기 마련인 걸 너무 잘 알고 있는 나로서는 그런 이들을 볼 때마다 안타깝다.

만일 하루라도 더 빨리 레벨을 돌파하고 싶다면, 방법은 오직 하나뿐이다. 다독-다상-다작. 삼다의 과정을 생수 마시듯이 일상화하여 꾸준히 반복하는 것이다. 여기에는 절대 의문을 표해서는 안 된다. 그럴 시간에 생각의 전개 과정을 단순화하거나 세밀화해 보고, 혹은 글을 쓰는 과정에서 이런저런 연습법을 바꾸는 등 스스로 끊임없이 변화를 주는 게 더 유익하다. 그리고 이 훈련에 도움을 주고자 책의 후반부에 연습법을 수록해 두었다. 혼자서도 충분히 문장을 강화할 수 있는 방식이니 이어지는 이론을 마저 다 읽고, 하나하나 실천해 보길 바란다. 분명 좋은 성과가 있으리라 장담한다.

타인을 향하는 글쓰기

 앞서 다작은 실패를 동반한다고 했다. 한번에 문장이 완성되는 경우는 잘 없으니까. 이 사정은 수많은 작품을 써낸 작가라도 별반 다르지 않다. 평소 전혀 생각해 보지 않았던 주제 앞에서는 누구나 당황한다. 시간이 걸릴 수밖에 없다. 아니, 자주 다루던 내용도 초고를 완성하면, 오탈자와 어색한 문장이 없는지 살펴봐야 한다. 애초에 완전무결한 문장은 존재하지 않아서 반드시 거쳐야 할 작업이다. 그렇다면 글쓰기는 왜 이리도 불안정한 것일까? 이유는 바로 세상의 모든 글쓰기가 타인에게로 향하고 있어서다.

 한편, 한동안 '자기 해방', '내면 성장' 등의 이름을 붙여서 마음을 다스리는 도구로 글쓰기가 유행했던 적이 있다. 이를 통해 분명 많은 사람이 위로를 받고, 자존감을 회복했다는 피드백을 남겼다. 실제로도 글을 쓰려면 자신의 내면과 적절한 거리로 마주해야 하니, 글을 쓰고자 하는 이들에게는 반응이 뜨거웠던 것으로 기억한다. 그런데 여기에서 끝나는 문장은 책이 되기 어렵다. 책이 되더라도 다수의 공감을 받기 어렵다. 언급했듯이 모든 글쓰기는 결국 타인에게 보여주기 위해 존재하므로. 즉, 글은 타인의 호응 위에서 생명을 얻는다.

이 부분을 이해하기 어렵다면, 직접 쓴 일기를 꺼내서 읽어보자. 그런 다음 이 질문에 다시 답해보자. "정말 나 혼자 읽기 위해서 쓴 글인가?" 자물쇠를 채워 서랍 아래쪽에 꼭꼭 숨겨뒀을지라도 문장은 정확히 타인을 향해 열려 있다. 십중팔구는 단 몇 줄만으로도 본인의 글을 읽을 타인을 염두에 두고 쓴 글처럼 느껴질 테다. 이로써 우리가 글을 쓰는 궁극적인 목적은 무너진 나를 회복하기 위함도 있지만, 타인에게 나의 메시지를 전달하기 위함이다. 따라서 좋은 문장도 자기만족에서 그치기보다는 대중이 얼마나 호응을 해줄 수 있는 의미를 담았느냐에 판가름 난다.

이를 근거로 다작은 여러 실패의 경험을 안게 된다. 다독과 다상을 통해 어렵게 얻은 어떤 인식이나 정보, 표현이 대중에겐 전혀 신선하지 않을 수 있기 때문이다. 가령, 이미 성장을 이룬 사람의 눈에는 성장의 과정에서 발굴한 문장들이 그리 눈여겨 볼 대상이 아닐 수도 있다. 반대로 지나치게 높은 깨달음은 받아들일 준비가 되어 있지 않은 입장에서는 그저 남의 나라 이야기로 그칠 수도 있다. 타인에게 문장이 닿는다는 건 이토록 어려운 일이다.

이쯤에서 자연스레 이런 의문이 생긴다. "읽기와 경험은 뭐든 닥치는 대로 해보고, 생각은 그걸 기반으로 한다지만, 쓰기는 어떻게 시작할 것인가? 그마저도 그저 쓰기만 하면 되는가? 타인을 향한다는 글을 내 식대로 일단 갈겨쓰면서 시작하는 게 맞는가?"

여기에 대한 나의 대답은 단순 명료하다. 맞다. 우선은 내키는 대로 써봐야 한다. 닥치는 대로 다 써보는 게 좋다. 그리고 그건 모두 양분이 되어 남는다. 다만, 언제든 실패를 받아들일 준비가 되어있어야 한다. 타인에게 나의 습작품이 모조리 인정받지 못할 수도 있다는 걸 각오해야 한다는 뜻이다. 심하면 무시를 넘어 조롱을 당할 수도 있다. 그렇지만 받아들일 수 있어야 한다. 그 과정에서 본인의 미숙함을 인지하면서 인식의 틀을 바꾸어 세상을 볼 수 있어야 한다. 그래야 문장이 바뀐다. 단순히 삭제 버튼으로 썼던 문장을 지우고 다시 쓰는 정도로는 문장의 근본이 바뀌지 않는다. 그저 다시 비슷한 수준의 문장을 배설할 뿐이다.

수차례 말했듯 처음부터 완전무결한 문장은 없다. 게다가 인구 숫자만큼의 다양한 관점과 개성이 존재하는 세상에서 보편적인 감성을 건드리고, 정보를 무난하게 전달하는 문장을 탄생시키는 게 쉬울 리가 없다. 그러니 기죽을 필요 없다. 한낱 과정일 뿐이다. 반복되는 창작과 수정을 해나가며, 가고자 하는 방향으로 쉼 없이 나아가는 노력만 멈추지 않으면 된다. 그게 글쓰기다.

바로 직전까지 다독, 다상, 다작 즉, 삼다의 의미와 그 방법에
대해 알아보았다. 이제 우리에게는 그것을 온전히 각자의 것으로
만들어야 하는 과제가 남겨졌다.

나는 그 마지막 단계에 다다른 이들을 배우 또는 가수에 비유
해 본다. 그들의 일상은 어떤가? 단지 무대 위에 오르는 순간을
위해 끊임없이 노력한다. 오로지 관중의 시선을 사로잡기 위해서
다. 강인한 인상을 남기기 위해 숱한 나날을 열정으로 불태운다.
그렇게 몸에 익은 몸짓과 목소리를 무대에 올랐을 때 뜨겁게 펼
쳐낸다. 곧이어 폭발적인 에너지에 압도당한 대중은 감탄을 쏟아
낸다. 하지만 갈채가 쏟아지는 순간에도 본인에게 만족하지 못
하는 이들이 있다. 무대를 완벽히 지배하지 못했다는 자책이다.
연습 때와 비슷하거나 그 이하의 수준밖에 보여주지 못했던 이유
로 종종 무대 뒤에서 마음이 무너지는 이들이 있다.

매우 안타깝지만, 이건 누구의 잘못도 아니다. 그저 연습 목적
에 대한 이해가 달라서다. 나는 무대 연출을 위한 노력과 연습은
어디까지나 실수를 줄이는 게 핵심이라고 본다. 결코 부족한 실

력을 비약적으로 개선하는 게 일차적인 목적이 아니라고 보는 거다. 그래서 평소 상태를 완벽에 가깝게 유지하기 위해 실전 같은 연습을 반복한다. 그렇다. 연습 때의 기량이 곧 실전에서 보여줄 수 있는 최대의 기량이다. 그래서 최선을 다해 연습을 해야 한다. 언제, 어느 때 무대를 선보여도 부족함이 없도록.

글쓰기 또한 마찬가지다. 사전 연습이 곧 실전에서 보여줄 수 있는 전부다. 그 이상을 보여줄 수가 없다. 평소에 여러 자료를 입력해 두었다가 필요할 때 적절한 문장을 바로바로 꺼내 들어야 한다. 얼핏 단순한듯해도 실제로 문장을 써내는 찰나의 밀도는 꽤 단단하다. 특히, 알맞은 비유를 적재적소에 활용하려면, 삼다의 공정이 충분히 내적으로 쌓여있어야만 한다.

그러니 삼다의 완성형이란, 무대에서 퍼포먼스를 보이는 것과 다를 바가 없다. 무식할 정도로 입력하고, 생각해서 정리하고, 그걸 기반으로 상상하고, 다시 본인만의 문장으로 출력하여 평가받고, 또다시 수정하여 갈무리하는 작업의 연속. 이런 일련의 작업을 입에서 단내가 나고, 온몸이 뻐근할 때까지 무한히 반복하여 순발력을 정점으로 만들어둔 상태가 되어야 비로소 무대 위에 올라 서슴없이 글을 토해내고, 공감을 받게 되는 것이다.

SKILL

많은 이에게 읽힐 수 있어야 좋은 글이 되는 셈이다.
그렇다는 건 그리 대단하지 않은 경험이라도
'설득력 있게', 더 정확히는 '재미있게' 풀어낼 수 있어야 한다.

삼다와 관련한 긴 설명에 혹시나 잊었을까 하여 다시 언급한다. 이 책을 시작하면서 던진 질문이 있다. 바로 "어째서 문장이 간결하지 못한가?"였다. 이를 설명하기 위해 우리는 잠시 낚시꾼이 되어보기로 한다.

이왕에 시작한 낚시이니 덩치 크고 멋진 녀석으로 잡아보자. 대신, 보호종이 많은 고래와 상어보다는 자연과 환경을 사랑하는 지성인답게 참치를 겨냥하는 게 좋겠다. 그 전에 '참치' 하면 어떤 이미지가 떠오르는가? 회, 통조림 정도이지 않을까 한다. 그런데 참치 전문점이 수두룩하고, 통조림만으로도 기업이 탄탄한 걸 보면, 참치는 제법 괜찮은 아이템인 듯하다. 그렇다면 힘들게 한 마리, 한 마리 잡기보다는 대형 선박에 올라 그물을 던지는 편이 효율적이라는 확신이 든다. 자, 더 분명하게 이야기한다. 우리는 대형 선박 위에 오른 참치잡이다.

내가 비전을 제시했으니 이제는 당신이 세부 계획을 내게 보고해 줄 차례다. 신경 써서 프레젠테이션을 해주길 바란다. 어느 정도 사이즈의 선박이 우리에게 적당할지, 그 선박을 구하기 위해서 비용을 어떻게 마련할지, 그 선박을 타고 얼마나 멀리 갔다가 언제쯤 되돌아올지, 사용할 그물망은 어떤 것이 적합해 보이고, 그 까닭은 무엇인지 말이다.

모든 그물망에는 구멍이 나 있다. 촘촘한 게 있는가 하면, 아주 큰 것도 있다. 이런 구멍이 있어야만 물고기를 잡는 기능을 정상적으로 수행할 수 있다. 그물에서 물이 빠지지 않으면, 아무리 물고기를 몰아넣어도 건져 올릴 수 없으므로. 물의 무게만으로도 어마어마하니 어지간한 기중기의 힘으로는 엄두도 내지 못할 테다. 아니, 무게는 생략하더라도 비정상적인 유속에 의해 물고기들이 죄다 도망갈 게 뻔하다.

여기서 이런 의문이 하나 든다. '그물의 구멍의 사이즈는 왜 다른 것일까?' 하고 말이다. 그건 어종에 따른 차이다. 촘촘할수록 작은 물고기에 유리하다. 우리는 참치를 잡기로 했으니 적잖이 큰 구멍이어야 한다. 여기서 욕심을 부려 작은 물고기도 함께 잡자는 건 바보와도 같은 생각이다. 참치잡이는 참치만 많이 잡아야 돈이 된다. 여러 어종을 낚아 올리면, 최종적으로 이놈도 저놈도 팔아야 해서 결코 돈이 될 턱이 없다.

우리가 써야 할 문장도 마찬가지다. 앞서 나는 완전무결한 문장은 없다고 했다. 그런 건 존재할 수가 없다. 대중이 만족할 수는 있어도 모두가 만족하는 문장이란 있을 수 없다는 말이다. 예를 들어, 철수와 영희가 서로 연애편지를 주고받았다고 해보자. 서로는 서로의 문장에 만족할 테다. 철수가 적절하지 못한 비유를 들어도 영희는 철수가 자신을 위해 편지를 썼다는 사실에 이미 마음이 흔들렸을 테니 큰 문제가 되지 않는다. 또 영희가 다소 어색한 문장을 쓰더라도 사랑에 빠진 철수는 관대한 마음으로 다음 문장을 읽어줄 게 뻔하다. 그런데 이들의 연애편지가 당사자가 아닌 각자의 부모님이나 형제 손에 먼저 들어갔다면 어떨까? 결과는 매우 끔찍하다. 철수는 세상을 바라보는 시선이 이상한 아이, 영희는 기본적인 문장력이 떨어지는 모자란 애가 될 것이고, 둘의 문장을 목격한 주변인들은 여러 복잡한 심경을 느낄 수도 있다.

이렇듯 문장은 매우 주관적이다. 또 주관적인 만큼 글쓴이의 입장을 전제한다. 그래서 문장은 양면성을 지닌다. 가령, 일회용품을 줄이자는 내용의 글을 쓴다면 환경운동가들에게는 지지를 받겠지만, 일회용품을 제조하는 공장과 관련 사업을 운영하는 이들의 눈총은 피하지 못할 것이다. 아무리 문장을 빼어나게 잘 써도 그들에게는 밥그릇을 위협하는 텍스트에 지나지 않기 때문이다.

하던 이야기로 돌아가서 우리가 참치잡이로서 그물의 구멍 크기에 집중해야 하는 이유도 여기에 있다. 다 자란 참치의 평균 사이즈에 맞는 구멍의 그물을 준비해야 참치를 잡을 수 있다. 심플해야 원하는 바를 이룰 수 있다는 의미다.

앞의 이야기에 더 이어가 본다. 글쓰기도 고기잡이와 다를 바 없다. 문장이 간결해야 목표를 달성할 수 있다. 그래야 쉽게 읽히고, 뜻이 전달된다. 문제는 많은 초보자가 이 단순한 이치를 안다고 하면서 정작 글을 쓸 때는 지키지 않는다는 데 있다. 그런 그들을 볼 때마다 마치 아이돌을 보는 듯하다. 아이돌은 어느 각도에서 촬영을 해도 다들 사랑스럽다. 마치 데뷔 전부터 완성된 이미지 같다고 느낄 정도다. 당연하다. 그만큼 그들은 자신의 외모를 가꾸기 위해 막대한 시간과 에너지를 쏟으니까.

이 모습이 초보 작가에게도 보인다는 소리다. 누가 읽어도 글을 쓴 자신을 예쁘고 착한 사람으로 봐주길 바란다. 이에 따라 글이 한쪽으로 치우칠 수밖에 없다는 사실을 인정하지 않고, 자신이 느낀 감정을 미화하고자 문법에도 맞지 않는 문장을 장황하게 구사하거나 심지어는 자신이 강하게 주장한 문장 바로 다음에 부정하기도 한다. 누구에게도 나쁜 사람이 되기 싫은 마음에 메시지의 근간을 훼손해 버리는 셈이다. 그러니 문장이 간결해질 수 없다. 하나의 글에 많은 메시지를 담으려 하니 당연한 결과다.

명심해라. 글을 쓰는 사람은 아이돌이 아니다. 아이돌일 필요도 없다. 이런 나의 말에 반박할 수도 있다. "유명 작가 A와 인기 강사 B의 글은 내 심장을 뛰게만 했는데? 그렇게 듣기 좋은 말만 써도 전혀 불쾌하지 않은데?" 하면서. 그건 그들이 분명한 타깃으로 문장을 적절하게 잘 써서다. 알맞게 자를 줄도 알고, 다음 문장과 이어 붙이는 방법도 잘 알아서다.

다시 강조하지만, 글은 타인을 설득하는 수단이자 도구이다. 태생부터 지극히 정치적이란 말이다. 그래서 주제에 집중해 메시지를 뚜렷하게 해야 한다. 그래야 나의 메시지가 타인에게 오해 없이 명확하게 닿을 수 있다. 여러 생각이 버무려지면, 독자만 힘들어질 뿐이다.

이로써 모든 문장은 창작자가 정한 한 가지 얼굴이어야 한다. 작가가 제한을 둔 테두리를 벗어나서는 안 된다. 간혹 독자가 다양하게 상상할 수 있도록 가능성을 넓혀 둔 문학 작품도 있지만, 궁극적으로는 작가가 설정한 틀 안에서 사건이 일어나고, 마무리된다. 이 때문에 어떤 글이든 필연적으로 빈틈이 있을 수밖에 없다. 하나에 충실하면, 하나를 잃을 수밖에 없는 게 글쓰기라서 그렇다.

이를 근거로, '좋은 글쓰기는 나와 뜻이 반하는 사람을 걸러내는 작업'이라는 결론이 도출된다. 글쓴이의 의도대로 메시지가 제대로 전달되면, 같은 뜻을 갖고 있거나 그 의견에 동의하는 사람들은 긍정의 반응을 보내겠지만, 반대의 입장이라면 무관심하거나 거리가 더욱 벌어지는 상황과 마주할 테다.

여기까지 읽고, 당신은 이렇게 오해할 수도 있겠다. '주체적 메시지나 운동성을 지니지 못하면, 그러니까 일상을 다룬 수필 또는 감성을 자극하는 미려한 시들은 좋은 글이 될 수 없느냐.'고. 아니다. 그보다 나는 '설득'을 자신의 주장을 관철하는 행위인 사전적인 의미로만 볼 게 아니라 '감정과 관심의 전달'로 읽어주길 바란다.

조금 더 이해를 돕고자 내가 종종 겪는 일을 사례로 들어본다. 나는 관공서나 기업에서 특강을 진행할 때, 일정 이상의 계급에 오른 이들에게 써둔 수필이 있느냐고 물어본다. 그러면 아예 쓰지 않았다고 답하는 사람도 있지만, 태반이 등산을 주제로 하고, 일부가 골프, 그 외 소재는 가족이다. 전국 어디를 가나 똑같다. 게다가 글의 구성도 예상을 벗어나지 않는다. 등산이란 게 원래 정상을 밟기까지가 고되고, 밟았을 때 성취감을 느끼고, 내려

오면서는 힘들었던 과정을 돌아보며, 마음의 여유를 되찾게 한다. 이게 우리 인생과 상당히 닮아있어서 취미가 한정적인 이들에게 이보다 좋은 소재는 없다.

이렇게 소재와 전개가 비슷한 내용의 글이 많다 보니, 유사한 내용만 봐도 독자는 이내 식상해 한다. 그렇다고 경험하지도 않은 일상을 쓸 수도 없는 노릇이다. 애써 머리를 굴려 봐도 영감이 떠오르지 않는 이상, 그저 그런 글이 탄생할 게 뻔하다. 이걸 무시하고 쓰고 싶은 걸 쓴다면 연습 정도는 될 수 있을지 몰라도, 희망했던 기대에는 미치지 못할 것이다. 읽어줄 사람이 없다는 얘기다. 결국 많은 이에게 읽힐 수 있어야 좋은 글이 되는 셈이다. 그렇다는 건 그리 대단하지 않은 경험이라도 '설득력 있게', 더 정확히는 '재미있게' 풀어낼 수 있어야 한다.

여기까지 내가 했던 말을 요약하자면, 글은 자신의 메시지를 효과적으로 전하는 도구다. 글로써 의지를 전달해 상대의 마음을 움직이는 수단. 그러므로 글은 정치적인 성격이 짙다. 그래서 아이돌처럼 되기보다는 일관성 있게 하나의 주제를 주창하는 운동가가 되는 편이 더 유리하다. 그리고 가능하다면, 위트와 유머로 무장했으면 한다. 메시지가 딱딱하더라도 대중은 유머에 약하니까.

글쓰기 초보자 가운데 첫 문장 아니, 첫 글자 쓰기조차 망설이는 사람도 상당히 많다. 이들 역시 아이돌처럼 사랑받는 사람이 되고 싶어서 자기 생각을 선뜻 드러내려 하지 않는 것이다. 연습 삼아서 썼는데, 부끄러운 문장으로 남게 될까 봐 두려운 것이다. 이건 결코 바람직하지 못한 자세다. 아니, 심각한 수준이다.

글을 쓰기로 했다면 평가를 두려워해서는 안 된다. 그리고 그렇게 두려워하지 않아도 된다. 어제의 문장보다 오늘의 문장이 나아진다면 말이다. 무엇보다 어렵게 쓴 문장을 부정당하더라도 그건 문장을 부정당한 것이지 글을 쓴 당사자의 인격을 겨냥한 것이 아니니 자괴감을 느낄 필요도 없다. 이에 따라 꾸준히 글을 써 나가는 이들은 자기 자신과 글의 거리감을 얼마간 유지할 수 있는 사람이라고 볼 수 있다. 쉬운 설명을 위해 예를 들어보겠다.

당신의 어머니가 온갖 역경을 견뎌내며 살다가 이제 막 떠났다고 해보자. 그럼 글을 쓰는 당신은 어머니를 기억하고자 추억을 기록할 테다. 이때 당신은 어떤 감정에 젖어 들까? 여기에 대한 답은 뻔하다. 살아서 곁에 계신다고 해도 가슴이 애틋해지는 게 어머니고, 자식이다. 그런데 이별을 받아들이며 쓴 글이라면 얼마나 처연하겠는가? 하지만 신기하게도 문장을 다듬어가면서 당신의 눈물은 말라갈 테다. 그건 잊는 게 아니다. 오히려 기억 속에 박제하는 것과 더 가깝다. 이 과정에서 글쓴이와 글로 옮기는 대상과의 거리를 조절해 나간다. 그 주체가 어머니였다가, 자식이었다가, 지우개였다가, 컴퓨터였다가, 편의점이 될 수도 있다. 이렇게 세상의 숱한 소재를 거리를 조절하며 글을 써나간다면, 나의 말에 수긍할 수 있을 테다.

사례를 하나 더 추가해 본다. 이건 내가 실제로 겪은 일이다. 내가 필명을 쓰기 훨씬 전인 나의 데뷔작 『괴담』을 발표했을 때다. 분명 그 책은 문학 소설 단편 모음집이었고, 각 편에는 세상을 향한 나의 메시지를 담았다. 다만, 대부분이 공모전에서 낙방한 뒤로 서랍에서 세월을 보냈다 보니 시의성에 다소 멀어진 경향이 있었다. 그래도 나름 성공작이었다. 무명의 아마추어나 다름없었지만, 그 책으로 인해 나는 결과적으로 대중과 처음으로 만날 수 있었고, 나를 미디어로 끌어냈으니까. 책 자체만으로도 몇 차례나 전파를 탔으니 판매 부수와는 관계없이 객관적으로도 성공적이었다고 평가한다. 그렇다고 모든 상황이 긍정적이었던 건 아니다. 문학상을 받은 신인 작가처럼 대단한 명성이 있지도 않았고, 홀로 마케팅하며 세상에 부딪히다 보니 유통 과정과 모든 평가를 눈으로 담을 수밖에 없었는데, 그 처지가 아름답지만은 않았다.

　얘기를 꺼낸 김에 몇몇 작품도 살펴보자. 책 제목으로도 사용된 단편 「괴담」은 일상화된 폭력이 주제였다. 케이블 채널의 영화에서부터 아르바이트 장소에 찾아드는 여러 계층의 손님, 심지어 학생들도 욕설을 아무렇지 않게 하고, 폭력까지 휘두르는 장면을 연출했는데, 명백한 의도였음에도 지나치게 욕이 난무해서 짜증 났다는 평이 있었다. 그리고 그 내용은 포털사이트에 지금도 노출되어 있다. 독자와 취향의 차이로 나의 문장, 나의 작품이 부정당하는 것도 모자라 포털사이트에 박제당한 거다.

　다른 단편 「Funny Valentine Day」는 낙태가 소재였다. 해당 글을 썼던 20대의 나에겐 정서적으로 충격적인 소재였지만, 10년이 지나 세상에 공개하니 이게 요즘 문제가 되느냐는 말을 들었다. 그것도 얼굴을 마주 보고. 더군다나 내가 활동 중이던 독서 모임에서 나의 출간을 기념해 주기 위해 마련한 자리에서 50여 명을 앞에 두고 이런 이야기를 들었으니 참 난감했다. 그 뒤로도 내 책의 잘된 점과 아쉬운 점에 관한 말이 오갔다.

결론적으로 나는 그날 하루 내내 웃었다. 여전히 그때를 떠올리면 웃음이 나온다. 포털사이트에서 한번씩 검색할 때도 마찬가지다. 기록이 남아있다는 사실 자체가 행복이다. 솔직히 그 순간에는 감정적으로 흔들리기는 했지만, 그 무엇도 내게 치명적이지는 않았다. 알고 있었던 덕분이다. 이미 문학 소설은 마니아만 읽는 시대가 되었고, 나는 재고를 처분하기 위해 막무가내로 홍보를 했으니까. 이로써 당연히 기대치가 다른 독자들과 당연히 만날 테고, 그들은 실망하리라는 걸 너무 잘 알고 있었다.

반대로 차분히 나의 작품을 정독했던 이들은 나의 도전을 적극적으로 지지해 주었다. 앞에서 고백했듯 전파를 타기도 했다. 단언컨대, 작품성이 형편없었다면 불가능했다고 본다. 그럼에도 기대보다 세상에 크게 알려지지는 못했지만, 나의 메시지를 받아준 이가 분명히 존재했던 책이다. 그래서 내가 지금 웃을 수 있는 거다. 또 그때보다도 지금의 문장 폭이 더 넓어졌으니 아무렇지도 않다. 그리하여 적은 수라도 지지해 주는 팬들을 위해 묵묵히 쓸 뿐이다.

한편, 흔히 글을 쓰는 동안의 괴로움을 산모가 출산할 때의 고통과 견주기도 하는데, 나는 여기에 동의할 수가 없다. 아이를 낳는 쪽이 몇만 배나 더 압도적이다. 이런 나의 주장에 동의하지 않는다면, 글과 자신과의 거리 조절을 실패했다고 봐야 한다.

여기서 우리가 명심해야 할 부분이 있다. 어떤 미사여구로 치장하더라도 글은 나의 메시지를 타인에게 전달하는 수단에 불과하다는 사실이다. 당장 나의 메시지가 부정당했다고 해서 나라는 인격이 부정당하는 게 아니다. 메시지 전달 방식이 문제였을 수도 있고, 상대가 메시지를 전혀 받아들일 생각이 없었을 수도 있다. 그러므로 내가 먼저 일방적으로 상대의 인격을 깔아뭉개는 메시지를 날린 게 아닌 이상, 상대도 나의 인격을 부정할 까닭이 없다.

당부한다. 거리 조절로 내면의 그릇을 넓히자. 타인의 비평을 받아서 안을 수 있을 만큼, 충분히. 그렇게 평가에 주눅 들어 타인이 주도하는 주류에 휩쓸리기보다는 고집 센 글쟁이가 되어 흐름을 막아서고, 당신만의 색깔로 정면에서 드러낼 수 있길 진심으로 간절히 바란다.

앞서 모든 글은 타인을 향한다고 했다. 그래서 소설, 영화, 드라마처럼 매체의 분야가 다르더라도 모든 스토리에는 "이야기에 메시지를 삽입해 전달한다."라는 기본적인 욕망을 품고 있다. 이에 따라 감동, 교훈, 유희가 없는 미디어는 독자와 관객에게 외면받을 수밖에 없다. 이쯤에서 하나 묻는다. "백설공주의 치마는 무슨 색일까?"

이는 내가 실제로 글쓰기 수업 현장에서 매번 수강생들에게 던지는 질문인데, 대다수가 노란색 또는 흰색이라고 답한다. 간혹 빨간색이라고 하는 사람도 있다. 하지만 어떤 색이든 괜찮다. 전혀 문제가 되지 않는다. 그림형제가 저술한 『그림동화』의 53번째 이야기 「백설공주」에는 공주의 치마 색상 같은 건 언급된 적이 없으니까. 그렇다면 우리는 왜 비슷비슷한 컬러를 이야기하는 걸까? 바로 디즈니 오리지널 애니메이션 <백설공주>의 영향이다. 세계적으로 사랑을 받은 필름이다 보니 그 이미지를 정석으로 오인하는 것이다.

그뿐만 아니다. 원작과 애니메이션은 결말도 확연히 다르다.

원작에서는 이웃 나라의 왕자가 백설공주가 관 속에 누워있는 곳을 우연히 지나다가 공주의 모습에 반해 관을 그대로 자신의 궁으로 옮기라고 지시했다. 그 과정에서 인부들의 실수로 관이 흔들려 공주의 식도에 걸려있던 독사과가 튀어나오면서 살아나는 전개다. 어떤가? 시체 애호가 왕자라는 설정이 너무 기이하다. 아마 원작대로 상영이 되었다면, 아이들 동심을 지켜주지도 못했을 테고, 부모들의 항의에 끊임없는 환불 소동이 이어지지 않았을까? 이를 예측했던 디즈니에서는 상업적인 성공을 위해 "왕자의 키스로 공주가 깨어났다."고 각색했다. 그리고 많은 현대인이 「백설 공주」의 마지막 장면을 이렇게 기억한다.

이처럼 미디어믹스의 영향력은 대단하다. 원작의 이미지를 잊고, 새로운 이미지를 각인시킨다. 다시 말해, 시신경을 통해 뇌로 전달되는 영상물의 힘이 대단하다는 뜻이다. 여기서는 백설공주의 치마 색상 하나만을 예시로 들었지만, 이미 대다수의 예비 창작자는 영상물이 보여주는 서사 진행 방식에 흠뻑 빠져있는 상태다. 대표적인 예가 웹소설이다. 정작 자세하게 묘사해야 할 부분은 가볍게 스치고, 힘을 빼도 되는 구간에서 과하게 표현하는 이유는 영화 속 장면처럼 보여주려고 해서다. 쉽게 말해, 많은 웹소설 작가가 주인공이 딛고 서 있는 공간인 배경 묘사에 정성을 쏟으려 하지 않는다. 단순히 사무실, 궁전 정도로 명시할 뿐, 공간이 주는 이미지를 활용해 스토리 전반의 암시나 분위기를 전달하려고 하지 않는다. 이 영향으로 사무실이든, 궁전이든, 지옥이든, 웹툰이나 드라마 그리고 영화로 전형적인 이미지를 반복해서 보여줬던 탓에, 독자가 이미지를 그대로 떠올리는 걸 막아서지 않는다. 대신 속도감 있는 대사로 처리하면서 주인공들의 외형적인 이미지, 그들이 보여주는 기술이나 행동과 다소 불필요해 보이는 설정에 대한 해설에 집중한다. 이에 따라 사건은 매회 쏟아지고, 빠르게 정리된다.

이런 현상은 수필이라고 해서 크게 다를 바가 없다. 자연을 대상으로 한 경우는 덜하지만, 일상의 공간을 묘사하는 글에서는 힘을 발휘하지 못하는 경우가 흔하다. 자기계발서나 교양서적도 마찬가지다. 메시지를 효과적으로 전달하려면 기승전결이 필요한데, 전반의 맥락을 고려하기보다 스스로 파편적인 이미지로 인식한 개별 메시지를 강조하기에 급급하다. 그런 글은 힘이 있을 수가 없다.

요약하자면, 글쓰기가 힘든 건 각종 미디어믹스 즉, 영상물 때문이다. 책을 꾸준히 읽었는데도 어렵다고 한다. 책을 어지간히 읽었음에도 쉽지 않은 이유는 영상물처럼 빠르게 정보를 흡입하고 싶은 마음에 속독했기 때문이며, 편식해서다. 장담하건대 여러 장르를 곱씹으며 받아들였다면, 어렵지 않을 일이다. 그렇다고 내가 영상물을 글쓰기를 방해하는 원흉으로 만들고, 권위를 깎아내리려는 건 결코 아니다.

콘텐츠 대세는 '영상'으로 굳어졌다. 그렇다는 건 영상화를 염두에 둔 글쓰기가 되어야 한다는 것이다. 이는 글을 영상 속 스틸컷 이미지처럼 쓰는 작업과는 전혀 다른 맥락이다. 그러기 위해서는 기본적인 글쓰기부터 바르게 이해해야 한다. 영상문법의 이해는 그다음이다.

 과감하게 생략하며 가지치기

미디어믹스의 영향을 받아 각인된 이미지가 하나 더 있다. 바로 '손오공의 여의봉'이다. 오승은 저자가 쓴 『서유기』에서 여의봉은 용궁에서 애물단지 취급을 받던 쇳덩이에 불과하다. 재질도 오금烏金, 구리에 금을 섞은 합금이라 시커멓다. 지금 당장 손오공의 여의봉을 묘사해 보라고 하면, 십중팔구가 붉은빛을 띠고, 용무늬 장식을 떠올릴 텐데 그 괴리가 커도 너무 크다. 그렇다면 대다수의 영상물은 왜 이렇게 디테일에 공을 들이는 걸까? 영상물과 글은 태생적으로 차이가 있어서다.

독자들은 본인이 감동하면서 본 작품을 영상으로 만나길 바란다. 더 큰 쾌감을 누리고 싶어서다. 이 욕구를 충족하려면 일차적으로 이미지가 화려해야 함은 물론 스케일도 굉장해야 한다. 그래야 영상의 흐름에 더 집중할 수 있으니까. 이에 따라 글에서는 손오공과 요괴가 힘을 겨루었다 정도로 설명한 내용이 영상에서는 각 요소를 클로즈업하여 몇 컷에 나누어 담아낸다.

가령, 용무늬 장식의 여의봉을 관객을 향해 던져서 점점 더 확대하여 이미지를 각인한다거나 여의봉과 요괴의 칼날이 부딪히며

불꽃이 튀는 장면을 느리게 보여주며, 긴장감을 극대화하는 식이다. 전체 줄거리나 메시지에서 둘의 대결은 극히 일부에 불과하지만, 그 장면을 위해 막대한 인력과 금전을 투자한다. 따라서 전체 상영 시간도 확연히 늘어난다.

하지만 이 모두 글을 쓸 때는 가지치기를 해야 할 대상이다. 즉, 내가 지금껏 언급한 부분은 영상에 국한한 내용이라는 뜻이다. 애초에 백설공주의 치마 컬러나 손오공의 여의봉 장식 따위에 대한 묘사는 어디에도 없었다. 그런데도 우리는 위기에 놓였던 백설공주가 행복을 맞이했을 때 환호했고, 손오공이 오랜 모험 끝에 천축에 이르는 과정을 즐거워했다. 이게 줄거리의 중심 기둥이었고, 메시지 핵심과도 같았다.

한편, 「백설공주」와 『서유기』의 교훈은 명확하다. 전자는 어떤 고난에도 착한 마음을 잃지 않고 견디면 행복이 찾아옴을, 후자는 갖가지 모험을 통해 힘이 있더라도 선을 행할 줄 알아야 함을 전달했다. 여전히 수많은 미디어믹스가 이러한 원작을 토대로 스토리를 변형하는 이유도 여기에 있다. 뚜렷한 메시지가 있어서 각색도 재미있는 것이다.

그러나 글은 영상과 호흡이 다름을 분명히 인지해야 한다. 글에서는 결코 불필요한 정보를 담지 않아도 된다. 생략할 건 과감하게 생략하고, 서사의 흐름에 필요한 곳만 부각하면 된다. 이는 소설뿐만 아니라 모든 글쓰기에 동일하게 적용된다.

기억해라. 메시지 전달에 군더더기로 느껴진다면 가지치기의 대상이다. 그러니 다 쓴 글을 다시 읽으면서 객관적으로 돌아보자. 주제와 상관없이 단순히 쓰고 싶어서 늘여 쓴 것인지, 필요하다는 판단으로 썼는지를. 글이 늘어진 듯하면, 후자보다는 전자일 가능성이 크다. 쓰다 보니 탄력이 붙어서 자신도 모르게 공을 들이게 되는 경우가 흔한데, 검토할 때 살펴보면 핵심에 어긋난 경우가 빈번하다. 그래서 글을 마무리했다면 반드시 여러 번 읽으며 가지치기를 해야 한다.

나의 학창 시절은 양자역학을 마주한 노인의 얼굴이었다. 딴에는 글로 밥벌이를 하고 싶은 꿈을 꿨으면서도 국어와 작문 시간은 피곤하기만 했다. 비유법이니, 직유법이니, 은유법이니, 아무리 들어도 알쏭달쏭하기만 할 뿐, 제대로 문장으로 옮길 수 있을 만큼 총명하지가 않았다. 특히 대유법, 풍유법, 중의법은 지금도 잘 모른다.

양자역학이 아무리 멋지고 흥미진진한 대우주 물리 법칙 탐구 학문이라 하더라도 그게 두뇌 회전이 굳어버린 노인에게는 전혀 흥밋거리가 되지 못하듯이, 줄곧 머리가 나빴던 나는 온갖 문장 법칙과 관련해서는 제대로 알지 못한 채 그저 열심히 썼고, 쓰고 있을 뿐이다. 덕분에 나의 문장은 성장 속도가 더뎠다. 그러나 당신의 성장 속도가 나처럼 느려서는 안 되니 아주 기본적인 표현법부터 살펴보자.

"A는 B다."

소리 내어 읽어보자. 이는 당신이 간절히 바라는 문장 변화를 위한 기본적인 형태다. 앞으로 모든 첫 문장을 쓰기 전에 떠올리길 권한다. 이 글의 첫 문장으로 가봐라. "나의 학창 시절은 양자역학을 마주한 노인의 얼굴이었다."의 '나의 학창 시절'은 'A', '양자역학을 마주한 노인의 얼굴'은 'B'로, 나 역시 'A는 B' 유형으로 시작했다. 문장 구사는 여기에서 크게 벗어나지 않는다.

한편, 이 책을 선택한 당신은 색다른 문장을 구사하고 싶은 욕심이 있으리라 본다. 또 글을 잘 쓰는 사람이라는 소리를 들으려면, 상대방의 마음을 두드리는 문장을 구사할 수 있어야 한다는 막연한 생각을 하고 있을 테다. 그 해답이 A는 B로 글을 시작하는 데 있다. 여기에 더해 나는 비유법, 직유법, 은유법은 몰라도 된다고 말해주고 싶다.

아마 당신도 나와 같이 익숙한 단어지만, 비유법, 은유법, 직유법, 대유법, 풍유법, 중의법에 대해 설명해 보라고 하면 입이 쉽게 떨어지지 않을 것이다. 직접 예라도 들어보라고 하면 더더욱 불편해질 게 뻔하다. 하지만 놀랍게도 우리는 실생활에서 이들을 잘 활용 중이며, 시험 점수를 올리기 위해 잠시 외우다 말았던 내용을 이제 와 익힌다고 한들 큰 도움이 될 것 같지도 않다. 그래도 이 하나는 확실하다. A는 B, 여기서부터 문장의 변화가 싹을 틔운다.

다시 첫 문장을 읽어 보자. 이어지는 내용을 읽기 전에는 쉽게 와 닿지 않는다. 그로 인해 거듭 읽게 된다. '무슨 소리인가?' 하는 호기심으로 말이다. 그렇다. 다분히 의도적인 문장이었다. 그래서 진지하게 말해본다.

"좋은 글쓰기란 전자제품 서비스센터다."

뚱딴지같은 소리로 들릴 수 있겠지만, 당신이 전자제품 서비스센터의 기본적인 습성을 이해한다면 충분히 납득을 할 테고, 문장이 달라질 수밖에 없다. 그러니 집중해서 들어주길 바란다.

주·야 교대 근무가 아니라면 대부분 월요일~금요일 오전에 출근해서 저녁에 퇴근한다. 학생도 마찬가지다. 오전에 등교를 해 정해진 시간에 하교한다. 언급한 전자제품 서비스센터도 월요일부터 금요일까지 센터를 열어두고, 대략 오전 9시부터 오후 5시까지 업무를 본다. 그들도 노동자니 정해진 시간에 근무를 하고 퇴근을 한다. 그런데 납득이 되지 않는다. 불편은 고스란히 소비자의 몫이기 때문이다.

예를 들어, 당장 손에 들고 있는 스마트폰이 고장 나면, 당신은 하루 일과를 포기해야만 한다. 한여름에 에어컨이 갑자기 멈춰버린다면, 수리 기사와 스케줄을 조율하여 집에서 기다리고 있어야만 한다. 뭔가 이상하지 않은가? 분명 우리가 스마트폰이나 에어컨을 구매하는 비용에는 A/S에 대한 기대치도 포함되어 있다. 그렇게 합당한 금액을 지불했음에도 판매 측의 일정을 따라야 수리를 받을 수 있다. 모순이다. 수리를 받을 수 없는 건 아니지만, 하루를 반납해야 한다. 회사원은 연차나 반차를 사용해야 하고, 학생은 조퇴를 해야 한다. 그나마 가족 중 누군가가 집에 있다면 대리로 접수를 부탁할 수는 있어도 깔끔하지 않다. 수리 현장에서 당사자가 아니면 이런저런 사소한 불편이 따르기 때문이다. 즉, 좋은 글쓰기가 전자제품 서비스라는 말은 "좋은 글쓰기란 모순된 문장이다."라는 이야기다.

A는 B라는 단순한 기본 구조에서도 적용할 수 있다. "나의 학창 시절은 양자역학을 마주한 노인의 얼굴이었다.", "좋은 글쓰기란 전자제품 서비스센터다." 이 두 문장도 모순의 문장이다. 어떻게 학창 시절에 노인의 얼굴일 수가 있으며, 글쓰기가 어떻게 전자제품 서비스센터가 될 수 있겠는가. 말이 되질 않는다. 그러나 문장으로 쓸 수 있다. 물론, 의아할 수 있다. 호기심을 자극하기 위함이었으니 단번에 이해하지 못하는 사람이 많을 거란 의미

다. 객관적으로 그리 썩 좋은 예시는 아니라는 얘기다. 그래서 다음 문장을 가져와 본다.

시간이 피부로 느껴보기도 전에 앞질러 달아나고 있었다.

_이경민의『괴담』중에서

"시간이 물처럼 흘렀다.", "시간이 달아났다." 우리가 지겹도록 들어본 시간의 흐름을 표현한 묘사다. 그리고 모순된 문장이다. 시간은 물리적으로 1초가 정확히 60번 쌓였을 때 1분이 된다. 다시 1분씩 쌓여 60분이 되었을 때 1시간이 된다. 그보다 빠를 수도 느릴 수도 없다. 모두에게 공평하게 소비된다. 이로써 시간이 나는 듯이 흘렀다는 건 거짓말이다. 성립될 수 없는 명제다. 그렇지만 무언가에 몰입하면, 시간이 빠르게 흐르는 것처럼 느껴진다는 사실을 우리는 안다. 그리하여 상식적으로는 성립할 수 없는 명제지만, 용납할 수 있는 문장이다.

밥티처럼 따스한 별

_도종환의 〈어떤 마을〉 중에서

이 시구도 마찬가지다. 별은 물리적으로 그 온도를 측정할 수 없다. 별과 우리 사이의 거리는 까마득하다 못해 인간의 평생으로도 닿지 못할 만큼 머니까. 그런 별을 따스하다고 말하는 건 화자의 눈에 비친 결과에 지나지 않는다. 매일 지구의 하늘이 달라짐에 느낌으로만 다르게 느껴질 뿐, 우리 눈에 닿은 별빛은 사실 어제도, 오늘도 비슷한 밝기다. 하지만 시를 읽는 우리는 공감한다. 별을 보며 누구나 한번쯤은 감성에 젖어 든 적이 있어서다. 여기에 시인은 따스한 정서의 연상을 위해 밥알도 빌려왔다. 물리적으로 성립될 수 없는 명제에 감성을 덧대어 완성함으로써 감성을 만진다. 그야말로 좋은 문장이다.

이제 조용히 눈을 감고, 당신이 그간 책을 읽으면서 좋다고 느낀 문장들을 생각해 보자. 구체적으로 떠오르지 않는다면, 책의 제목만 메모해도 좋다. 그리고 시간이 될 때, 해당 문장들을 찾아보자. 그리고 그 문장들이 논리적으로 성립되는 명제인지 확인해 보자. 나는 거의 모순적일 거라고 확신한다. 교양서적이든 자기계발서든 예외가 아니다. 강한 메시지를 던지려면 모순의 문장을 적어도 몇 개는 안고 있어야 하므로. 그렇지 않고서는 단순한 호기심 유발조차 할 수 없기 때문이다. 그러니 글을 쓰려면 "A는 B다.", "좋은 글쓰기란 전자제품 서비스센터다." 이 두 문장을 늘 기억해라.

　좋은 글에 대해 더 이야기해 보겠다. 좋은 글은 시간을 끌어안고 있다. 아니, 더 정확히는 작가가 시간을 완벽히 통제하고 있다. 시간을 다루는 기술은 큰 틀에서는 하나의 서사 즉, 하나의 이야기에 적용되는 기술이지만, 단위를 쪼개면 한 문장 안에서도 충분히 적용할 수 있다.

　수필로 예를 들어보자. 앞서 나는 전국의 가장 흔한 수필 중 하나가 부장님이 산에 오른 내용이라고 했었다. 이를 바탕으로 지금 우리가 등산에 관한 수필, 더 구체적으로는 등산 중에 목격한 산의 아름다움을 묘사하는 장면을 쓰고 있다고 가정해 본다. 당장 눈에 들어오는 산의 아름다움을 말할 수도 있지만, 흐름을 방해하지 않는 선에서 과거를 소환할 수도 있다.

　어느 산이나 오르는 길에 만나는 꽃은 눈에 담기가 힘들다. 내려오는 길에서나 겨우 보이는 법이다. 그래서 봄에 오르는 내가 거주하는 인근의 비슬산은 특별하다. 진달래 최대 군락지답게 눈에 담기 싫어도 눈에 들어오는 게 진달래다. 분홍빛의 참꽃이 산길을 타고 불 번지듯이 펼쳐진

광경은 불혹을 훌쩍 넘긴 사내의 마음도 요란하게 두드려 발걸음을 멈추게 한다. 덕분에 오르는 동안에도 마음이 들떠서 힘든 줄 모르게 한다. 이런 즐거움을 놓치기 싫어 해마다 봄이면 비슬산을 오른다. 벌써 햇수로 10년째다. 미인도 이런 미인이 없다. 비슬산의 진달래는 10번을 만나는 동안 단 한번도 같은 모습인 적이 없었다.

내가 해당 주제를 떠올리고, 즉시 쓴 글이다. 서술의 흐름은 화자의 진행 방향대로 산을 오르는 그대로다. 다만, 단 한순간이 일시적으로 소급된다. 그것도 압축된 시간이다. 독자는 표면적으로 화자가 산을 오르는 동안에 쓴 글을 읽은 게 되지만, 압축된 시간의 문장을 통해 잠시나마 봄마다 비슬산을 올랐던 화자의 등산로를 상상하게 된다. 또 지난 10년간 단 한번도 같은 모습인 적이 없었다고 하니 묘사된 장면을 그려보는 과정에서 자연스레 몇 차례의 수정이 뒤따르게 된다.

이 기술은 교양서적이나 자기계발서에도 얼마든지 적용할 수 있다. 두 분야 모두 일차적으로 정보 전달이 주를 이루는 듯하지만, 잘 읽히기 위한 책이 되기 위해서는 기본적으로 재미있어야 한다. 이 역시 어렵게 설명할 필요 없이 직접 함께 써보자. 도서의 제목을 『N잡러가 전자책 부수입을 왜 놓쳐?』 정도로 하자. 제목에서 알 수 있듯이 핵심 내용은 '직접 전자책을 만들어 부수입 내기'쯤이 될 테다. 실제로 요즘 많은 사람이 본인이 만든 PDF 파일을 손수 플랫폼에 업로드하고 있으니 우리도 그 내용을 써보는 거다.

전자책을 PDF로 만드는 건 누워서 스마트폰으로 숏폼을 보는 것만큼 쉽습니다. 콘텐츠만 있다면 말이죠. 요즘 한글 문서 작성 프로그램에는 'PDF로 저장하기'라는 버튼이 있습니다. 이 명령어 버튼을 눌러주기만 하면 됩니다. 아주 간단합니다. 다만, PDF로 만들어진 전자책은 독자들의 디바이스에 따라 보기가 불편할 수도 있습니다. 화면을 늘리거나, 줄여야만 하는 거죠. 이에 저는 파일을 여러 디바이스에 직접 대입해 보면서 상태를 확인해 왔습니다. 덕분에 나름 적절한 폰트 사이즈를 찾을 수 있었습니다.

급한 대로 단순한 정보만 나열했다. 핵심은 PDF로 저장하기 버튼을 눌러주면 된다는 부분이고, 이어지는 내용은 주의해서 보완해야 할 점 정도가 되겠다. 이 과정에서 화자는 직접 경험하면서 쌓은 노하우를 여과 없이 전달해야 한다. 그래야 독자들도 책의 내용을 신뢰할 수 있다. 그렇다는 건 자기계발서는 필연적으로 "내가 직접 경험한 바를 옮겼다."가 전제되어야 한다는 뜻이다. 위 예시에서도 화자가 직접 시행착오 끝에 적절한 폰트 사이즈를 찾았음을 알리고 있다. 과거 경험을 얘기하고 있으니 문장은 자연스레 과거형이 된다. 이처럼 자기계발서는 문장의 과거형을 버릴 수 없다. 그러니 얼마나 자연스럽고, 적절하게, 어색함이 없도록 지난 시간을 간결한 형태로 불러오느냐가 관건이 된다.

앞에 보여준 예시문을 다듬는 것으로 이번 글을 정리하겠다. 대략 "PDF로 저장한다."는 핵심은 더 간결하게 전달하고, 직접 노하우를 쌓은 과정은 더 극대화하는 형태로. 그러려면 문단을 나누는 게 독자 입장에서도 정보가 구분되어 입력될 테고, 시각적으로도 좋겠다. 자, 아래와 같이 전략적으로 더 유리하게 수정해 보자.

누구나 콘텐츠만 있다면 전자책을 만들 수 있습니다. 그것도 PDF 파일로 쉽게 제작 가능합니다. 요즘 한글 문서 작성 프로그램에는 명령어 버튼이 있는데, 바로, 'PDF로 저장하기'입니다. 문서를 작성한 뒤, 이 버튼을 눌러서 저장만 해주면 됩니다. 정말 쉽지 않습니까? 쉬운 만큼 주의를 기울일 부분도 있습니다. 적절한 폰트 사이즈입니다. PDF로 만들어진 전자책은 독자들의 디바이스에 따라 보기가 불편할 수도 있습니다. 화면을 늘리거나, 줄여야만 하는 경우가 생길 수 있다는 겁니다.

저는 이 사실을 직접 실행하는 과정에서 알게 되었습니다. 파일을 다운받은 이용자들의 후기를 보고 나서야 알게 되었죠. 덕분에 사소한 고생을 하게 되었습니다. 의욕만 앞서고, 딱히 대처 방안은 몰랐던 탓에 다소 무식한 방법을 택해야 했습니다. 제작한 파일을 여러 디바이스에 연결해 실행해 보는 것이었죠. 여러 번 파일을 덮어쓰며, 재실행해야 했습니다. 그 끝에 지금의 결과물을 얻었습니다. 시행착오 끝에 나름 적절한 폰트 사이즈를 찾은 겁니다.

단순히 문장을 과거형으로만 표기하고 끝낼 게 아니다. 그 선택이 메시지 전달을 위해 충분히 전략적인지를 고민해야 한다.

HOW TO

중요한 건 쓰는 과정을 통해
닫혀 있던 상상력을 극대화하는 것이다.
상상력은 무에서 발휘되는 게 아니라,
작은 파편이라도 있어야 가지를 뻗어나갈 수 있다.

노트북을 덮고 연필을 꺼내야 할 때

　지금까지 많은 이야기를 나누었다. 문장력을 방해하는 요소에서부터 바로 적용할 수 있는 기술까지. 이로써 당신은 짧은 시간 동안 많은 내용을 알게 되었을 테다. 그럼에도 답답하다면 그이유가 무엇일까? 아마도 알게 된 것과 습득한 내용의 차이 때문이라고 본다. 안다고 해서 제대로 소화한 건 아니니까.

　알게 된 이론을 내 것으로 소화하려면 얼마나 유용한지 스스로 검증하는 과정이 필요하다. 어려울 건 없다. 우리는 글을 쓰기 위한 이론을 익혔으니 문장을 직접 써보면 된다. 평소처럼 쓰면서 알게 된 이론들을 한번씩 떠올려 적용하면 된다는 얘기다. 그렇게 글이 완성되면, 이전에 썼던 글과 비교도 해보고, 주변에 글도 보여주면서 성장을 확인해 보는 거다.

이렇게까지 알려줬음에도 여전히 답답해할 수도 있다. 그렇다고 무언가 부족해서 그런 건 아니다. 단순히 좋은 동료가 곁에 없기 때문이다. 이런 경우, 대부분은 글을 쓸 준비가 되어 있음에도 확신을 갖지 못한다. 평가를 받은 적도 없고, 격려를 받은 적도 없어서, 내키는 대로 써도 괜찮은지 의구심만 드는 것이다.

4장은 그런 당신을 위한 구분 동작 훈련과 관련한 내용이다. 단순히 하루에 무엇이든 쓰라는 소리가 아니라, 이렇게라도 한번쯤 써보길 권하는 정도 되겠다. 여기에 마음이 움직인다면 잘 따라와 주길 바란다.

요즘은 글을 쓴다고 하면 노트북부터 꺼내든다. 길에 보이는 카페에만 들어가도 노트북 앞에서 작업하는 사람이 많다. 그만큼 디지털 시대답게 노트보다 키보드를 통한 입력이 일상화되었다고 볼 수 있다. 그럴 수밖에 없다. 연습장에 펜으로 쓰는 것보다 PC 또는 노트북의 키보드를 두드리는 게 입력이 훨씬 빠르므로. 더욱이 문장을 쓰고 지우는 건 기본이고, 복사, 붙여넣기 기능을 사용할 수 있어서 글 전체를 완성하는 속도를 월등히 빠르게 한다. 게다가 나 같은 악필들은 스스로 쓴 글조차 못 알아보는 우스운 일이 많았는데, 이제는 그럴 일도 없어졌다. 심지어 기본적인 맞춤법 검사까지 알아서 해준다. PC와 노트북 덕에 우리 인류는 글쓰기의 속도와 정확성 모두를 얻게 된 셈이다. 이건 분명 혁명이다. 아름다운 혁명.

문제는 이런 눈부신 혁명이 당신에게도 똑같이 적용할 수 있는가 하는 점이다. 안타깝지만 지금은 노트북 전원을 켤 때가 아니다. 대신 초등학교 시절로 돌아가야 한다. 연필을 연필깎이에 넣어 깎고, 지우개를 곁에 두고, 연습장을 펴야 한다. 문장력에 정체기가 왔다고 느낀다면, 의문을 품지 말고, 여기에서 출발해야 한다. 백지와 연필 한 자루가 글쓰기의 시작점이다.

PC와 노트북 아니, 정확하게는 PC와 노트북에 깔린 문서 작성 프로그램은 하나같이 불필요한 자기 검열을 부른다. 수정에 대한 올바른 판단이 서기도 전에 사람을 움츠러들게 한다. 무슨 말인지 이해하기 어렵다면, 지금 읽고 있는 이 페이지 전체를 고스란히 문서 작성 프로그램에 옮겨 봐라. 참고로 이 책은 내가 완성한 원고를 3번 이상 검토한 뒤, 전문 에디터가 3번 이상 교정·교열을 했다. 다시 말해, 기본적인 맞춤법이나 오탈자, 어색한 문장, 비문이 없어야 한다. 그렇지만 프로그램은 빨간 줄을 몇 군데나 그을 테다. 그 빨간 줄이 당신의 글쓰기 성장을 막는 장애물이다. 문서 작성 프로그램이야말로 글쓰기에 있어서 아주 단단하고, 높고, 무거운 장벽이라는 뜻이다.

그렇다면 우리는 무엇을 해야 할까? 무조건 뇌부터 말랑말랑하게 만들어줘야 한다. 가장 빠르게 해결해야 할 부분이다. 왜냐하면 그렇게 하지 않으면 쓸 말을 찾지 못하기 때문이다. 어렵게 겨우겨우 자신만의 문장을 만들어 냈다고 해보자. 과연 그게 몇 글자나 될까. 한 문단이라도 써냈다면 칭찬받을 일이다. 그러나 모니터에는 빨간 줄부터 찾아오고, 어떻게든 고치기 전까지 사라지지 않는다. 결국 문장을 이어 나가지 못하고, 완성한 문장을 고치고 또 고치기를 반복한다. 그러다 어느 순간부터는 빨간 줄이 두려워서 자주 쓰는 표현이 아닌 다른 표현을 찾다가 시간만 보낸다.

그러니 PC나 노트북은 글쓰기 작업 자체에 대한 압박감이 사라진 뒤에 켜도 늦지 않다. 그렇게 되기 전에 그 앞에 앉는 건 오히려 독이다. 스스로 상상력에 제약을 두고, 익숙한 표현조차 망설이게 된다. 정말 안타까운 상황이다.

이때 많은 사람이 문법에 대한 신뢰로 AI에 의존한다. 그런데 지금 이 순간에도 발전하기 위해 노력하는 AI에게는 미안하지만, 대한민국의 표준 국어는 그리 만만하지 않다. 만일 쉬웠다면 AI가 등장하기 전에 여러 프로그램 회사에서 정리했을 테지만, 유감스럽게도 그들도 여전히 주기적으로 업데이트하고 있는 게 맞춤법이고, 문법이다.

의아해 하는 당신을 위해 내가 아주 쉬운 문제를 하나 내보겠다. '온라인 학교'가 맞을까, '온라인학교'가 맞을까? '온라인'도 '학교'도 고유명사라서 띄어 쓰는 게 옳다. 그럼, 온라인학교는 무조건 틀린 것인가? 아니다. 글의 전체 맥락에서 온라인학교를 하나의 고유명사로 취급한다면, 통일하여 붙여서 써도 된다. 또 그 자체로 하나의 단위를 나타내는 것이라면, 붙여서 써도 된다.

이건 내가 급한 대로 지어낸 말이 아니다. 한글맞춤법규정 제49항에 버젓이 적혀있는 내용이다. AI에게 만약 여기에 대한 검토를 맡기면, 높은 확률로 빨간 줄을 그었을 가능성이 높다. 그럴 수밖에. AI는 하나를 기준으로 정했을 때, 그에 반하는 경우는 표시를 해줄 수밖에 없으니까. 그래서 정상적이라면 사용자에게 판단을 물어보게끔 프로그래밍 되어 있어야 한다.

반면, 누군가는 사용하는 문서 프로그램 설정상 빨간 줄이 전혀 나타나지 않았을 수도 있다. 좋아할 일은 아니다. 다른 프로그램에서는 빨간 줄이 나타날 테니까. 아니, 다른 프로그램까지 갈 필요도 없다. 프로그램 업데이트만 해도 빨간 줄은 나타난다. 여기서 다른 예시도 하나 살펴보자. '그 일은 할 만하다.'와 '그 일은 할만하다.' 중에 어떤 문장이 맞을까? 정답부터 말하자면 모두 맞다. 그런데 문서 작성 프로그램에 옮겨 적어 보면, 십중팔구 둘 중 하나에 줄을 긋는다. 만약 어디에도 빨간 줄이 나타나지 않았다면 경계하고, 프로그램의 맞춤법 검사기 세부 설정을 확인해야 한다.

이 같은 상황은 글쓰기 초보자들이 가장 혼란스러워하는 부분 중 하나다. 익숙해져도 어렵다. 바로 보조용언 띄어쓰기 때문이다. 한글맞춤법규정 제47항에 따르면, 보조용언은 띄어쓰기를 원칙으로 하되, 경우에 따라 붙여쓰기도 허용한다고 적혀 있다.

즉, '할 만하다'가 원칙이고, '할만하다'는 허용되는 예외의 경우가 된다. 이런 예외가 그리 많지는 않지만, 글을 쓰다 보면 자주 헷갈린다. 이에 따라 프로그램도 매번 사용자에게 확인을 요구하는 빨간 줄을 긋고, 그 결과 문법과 맞춤법에 취약한 초보자들은 제대로 된 표현으로 문장을 완성하고도 스스로 의구심의 늪에 빠지는 문제가 생긴다.

정리하자면, AI에게 맞춤법을 전적으로 맡겨서는 안 된다. AI의 능력이 떨어지는 탓이 아니다. 우리의 문법이 복잡 다양해서다. 부분적으로 허용하는 표현도 있고, 문맥상 허용하는 바가 있어서다. AI는 이 부분을 정확하게 하려고 사용자에게 확인을 요구하기 위해 빨간 줄을 긋는다. 그러므로 빨간 줄은 "당신이 틀렸습니다."를 의미하기도 하지만 "당신에게 확인을 요청합니다."라는 메시지이기도 하다. 한마디로 AI에게 맞춤법을 맡긴다는 건 이런 부분까지 사용자가 인지하고 있어야 한다는 얘기다. 그렇지 않고 AI에게 온전히 맡기면, 맞춤법 검사기는 결코 제 기능을 다할 수가 없다. 오히려 위의 예시와 같은 표현을 만날 때 멀쩡한 문장을 망쳐버리는 일이 생기기도 하니까.

거듭 강조한다. 지금은 노트북 전원을 켤 때가 아니다. 맞춤법이나 비문은 초벌 원고가 다 끝난 이후에 확인해도 늦지 않다. 우리의 숙제는 하나의 원고를 끝까지 써보는 것이다. 초고를 완성하기 위해 끊임없이 생각하고, 그 과정의 반복을 0순위로 두어야 한다.

이번에는 관점의 중요성과 그것을 기르는 방법에 대한 이야길 해보겠다. 어떤 창작물이든 창작자의 경험과 호기심 그리고 기준이 작용하여 연출되는 법이다. 글은 당연하고, 영화, 드라마 등도 예외는 없다. 이를 극명하게 보여주는 사례가 있다. 바로 영화 <아마겟돈>과 <딥 임팩트>다.

두 작품 모두 1998년에 개봉했는데, 중심 소재는 미세한 차이만 있을 뿐 동일하다. 외계에서 찾아온 불청객, 정확히는 각각 소행성과 혜성으로 인해 지구가 종말을 맞이할 위기에 처한다는 내용이다. 결과는 마이클 베이 감독의 <아마겟돈>의 완승으로 미미 레더 감독의 <딥 임팩트>는 기대에 훨씬 미치지 못하는 저조한 성적으로 마감해야 했다. 그런데 오랜 시간이 지난 지금, 영화 마니아 사이에서는 <아마겟돈>보다 <딥 임팩트>와 관련한 이야기가 더 많이 오간다. 이유가 무엇일까?

두 감독은 영화를 구성하는 설정은 비슷했지만, 운석이 날아올 때 인간의 반응은 전혀 다르게 보여주었다. 전자는 시각적 쾌감에 집중했다면, 후자는 정말 지구가 멸망한다면 인간이 어떤 결정을 할 것인가에 더 관심을 기울였다. 실제로 <아마겟돈>은 전체 상영 시간이 짧게 느껴질 만큼 화면이 역동적이다. 말 그대로 시각적 쾌감과 긴장감을 적절하게 배치해 두었다. 반면에 <딥 임팩트>는 지나치게 정적이다. 카메라부터 운석 폭파팀에게 밀착하는 <아마겟돈>과 달리 <딥 임팩트>는 폭파팀 외에도 최초 혜성 발견자와 그 가족들 등 더 많은 사람을 고르게 담는다. 또 단 한번의 폭파 기회, 단 한번의 성공으로 인류의 미래가 결정되는 <아마겟돈>과 달리 1차 폭파 시도 후 두 덩어리로 갈라진 운석에 의해 미묘하게 상황이 달라진다. 긴장감의 전달 방식이 완전히 다른 것이다. 더 정확히는 등장인물들의 갈등 요소, 갈등 원인 자체가 다르다. 단순하게 외계에서 날아든 운석이냐, 운석으로 인해 변화하는 인간이냐로 두 감독의 관점이 완전히 달랐다. 이처럼 같은 소재가 창작자에게 각각 주어지더라도 어떤 관점으로 해석하고, 연출하느냐에 따라 결과물은 완전 다르게 빚어진다.

글쓰기 수업을 통해 만나는 적지 않은 수강생이 한 문단도 쉽게 쓰지 못하는 경우가 많다. 자유 주제로 무엇이든 써보자고 해도 써내지 못한다. 무언가를 보고 들었던 감정이 있음에도 그걸 막상 표현하려니 평소에 해보지 않은 작업이라 모든 근육이 위축되어 있다. 이건 글을 곧잘 쓰는 이라고 해서 크게 다르지 않다.

제시어를 주고 정해진 시간 안에 써보자고 하면, 대체로 비슷비슷한 내용만 쓴다. 이것만 봐도 당장 알 수 있다. 그간 글을 쓰기 위한 근육을 전혀 단련하지 않았음을. 단련했음에도 그 상태라면 연습의 방향성이 잘못되어서다.

조금 전 나는 영화 이야기를 위해 적지 않은 분량을 할애했다. 그만큼 창작자가 자신만의 기준을 가진다는 건 중요한 문제다. 기준이 바로 서야 모든 문장이 쉽게 나올 수 있다. 다독과 다상이 이어진 다음에 다작으로 넘어가야 하는 이유가 여기에 있다. 그런데 많은 글쓰기 수업이나 특강이 지금까지 준비되지 않은 자들에게 다작만을 요구해 왔다. 그야말로 심각한 문제. 동기 부여야 강하게 받을 수 있지만, 사전 준비를 하지 않았으니 글이 나올 리가 없으니까.

이에 나는 스스로 다독과 다상이 부족하다고 느낀다면, 일기 쓰기부터 해보라고 권한다. 일기는 당장 그날 주어지는 하루를 기록하는 것이라서 경험을 잊어버리기 전에 소화해 본다는 점에서 좋은 연습법이다. 그럼에도 이조차 망설이는 이가 많다. 내가 진행한 수업에서 한 수강생과 나눈 대화에서도 그런 현실을 충분히 파악할 수 있다.

수림: 그래서 어제 무얼 하셨어요?

수강생: 애들 등원시키고, 마트에 가서 장을 보고…. 평소와 전혀 다를 바가 없었어요.

수림: 그럼, 그 이야기를 쓰면 되죠.

수강생: 그런 걸 써도 되나요?

수림: 음, 아이가 어제 평소 일어나는 시간에 일어났나요?

수강생: 네.

수림: 한번에 잘 일어났나요?

수강생: 아니요, 우리 애는 바로 일어난 적이 없어요. 늘 난리죠.

수림: 그럼, 깨울 때 기분이 안 좋았겠네요?

수강생: 네, 하지만 매번 그렇다 보니 그러려니 했죠. 특별히 더 짜증이 나진 않았어요.

수림: 그럼, 그걸 쓰면 되겠네요.

수강생: 그런 걸 써도 되나요?

어떤 생각이 드는가? 수강생은 글이 되려면 뭔가 비일상적인, 특별한 소재여야 한다는 인식을 가지고 있다. 그리고 자신의 일상은 전혀 특별하지 않고, 이야깃거리조차 될 수 없다고 본다. 그에 비해 나는 그런 수강생에게 그 순간에 얼마나 집중해 봤는지를 묻고 있다. 글을 쓰는 근육을 기르기 위해 자신의 일상을 거리를 두고 관찰해 봤는지를 확인하는 거다. 이건 전혀 어려운 일이 아니다. 아침에 일어나는 아이를 보며, '아, 일어났구나.'로 무덤덤하게 넘어가지만 않으면 된다. 일어난 시간이 평소와 같은지 나른지, 다른 날보다 얼굴이 부었는지 아닌지, 꿈을 꿨는지 안 꿨는지, 직접 아이에게 물어보자는 거다. 그렇게만 해도 일상에서도 얼마든지 기록할 수 있는 글감이 생긴다. 일상을 비일상으로 만드는 건 전혀 어려운 게 아니라는 말이다.

그래도 어렵게 느껴진다면, 감사일기를 추천한다. 많이도 말고 하루에 5가지 정도만 감사한 일을 생각하고, 적어보자. 아마 며칠 실천해 보면 늘 같은 내용인 듯해서 괜히 마음이 위축될 수 있겠지만, 불필요한 걱정이다. 그보다 감사일기를 통해 얻는 효과가 훨씬 크다. 단편적으로 나는 여태껏 창작자의 관심사와 기준이 중요하다고 했는데, 감사일기는 하나의 기본적인 기준을 직접적으로 만들어 준다. 바로 '감사하는 마음으로 세상을 보는 눈'이다. 만일 감사일기를 쓰면서 아이가 평소처럼 일어나서 감사하고, 등원해서 감사하고, 하원해서 감사하고, 마트에서 장을 볼 수 있어서 감사하다고 느낀다면, 이미 목적에 근접했다고 볼 수 있다. 그러니 더도 말고, 덜도 말고, 딱 100일만 써보자. 하루 5가

지씩 100일이면 500가지다.

물론 내가 아무리 괜찮다고 해도 쓰는 입장에서는 일상의 중복을 강하게 의식할 테다. 이 와중에 재미있는 사실은 아이가 아침에 일어난 부분에 감사함으로 시작했지만, 시간이 흐를수록 옆집 강아지가 무탈해서 감사하고, 떨어진 사탕에 개미가 달라붙어 있어 감사하고, 우리 집 아파트에 외지인 차가 주차되어 있어서 감사하게 된다. 믿기지 않겠지만 정말이다. 이건 상상력과는 다른 관심과 관찰에 따른 결과다. 반강제적으로 주입된 기준의 작용이다. 눈에 들어오는 모든 현상을 하나의 기준으로 읽어내게 되면, 그 이유도 스스로 찾게 된다. 옆집 강아지가 무탈하면 옆집 이웃의 신경이 덜 예민해지니 서로 부딪힐 일이 없어서 좋다. 떨어진 사탕에 개미가 달라붙어 있다는 건 본인 주변 생태계가 정상적인 순환을 이루는 중이라는 소리다. 집의 기둥을 갉아 먹는 게 아니라면, 개미들의 부지런함은 우리에게 복이므로. 외지인의 주차도 좋은 일이다. 연식이 얼마나 되었든 아파트가 쓸모가 있다는 거다. 그러니 외지인도 드나든다. 누굴 방문하기 위해서가 아니라 얌체 주차라도 그렇다. 그만큼 살고 있는 아파트가 도심에서 노른자에 위치했다는 증거다. 집값 오르는 소리다. 순전히 반복되는 일상을 의식해서 외부로 눈을 돌렸으나, 자기도 모르는 사이 자연스럽게 세상 돌아가는 일에 다 감사한 마음이 생긴다. 이런 긍정의 관점을 기르고자 만들어진 게 감사일기다. 적어도 감사일기라도 쓰면, 세상을 감사하게 바라보는 힘이 생긴다.

　같은 맥락으로, 감사일기가 익숙해지면 증오일기도 좋고, 혐오일기도 좋다. 사랑일기는 더 좋고, 소망일기도 좋다. 각 컨셉에 따라 관점을 기르는 데 훌륭한 도구가 되리라 확신한다. 생각해보지 않았던 소재와 관련해 하나의 관점 아래에 두고, 깊게 들여다보는 시간을 갖게 되니 얼마나 좋은가? 여기서 조금 더 확장된 형태가 '제시어 연습법'이다. 이와 관련해서는 조금 더 뒤에 다루도록 하겠다.

필사는 황소를 다루듯이

문장력을 키우는 데 단골로 등장하는 훈련이 있다. 바로 '필사'다. 실제로 전국에는 필사 모임이 꽤 많다. 믿지 못하겠다면 카카오톡 오픈채팅방에서 필사라는 키워드를 검색해 봐라. 수백 개의 방이 만들어져 있음을 확인할 수 있다. 많게는 몇백 명, 적게는 삼삼오오로 모여서 부지런히 옮겨 쓰고 있다. 모르긴 몰라도 다들 저마다 검증된 결과가 있나 보다. 그렇지 않고서야 이토록 맹목적으로 실천하지는 않을 테니까.

필사의 방법은 크게 2가지가 있다. 우선 펜과 종이를 준비해 무조건 원본을 베껴 쓰기다. 이것만으로도 효과는 굉장하다. 스스로 필사하며 문체를 가꾼 대표적인 인물로 신경숙 작가가 있다. 그녀가 전성기에 보여준 작품은 하나같이 수작인데, 필사의 가치를 산문집을 통해 다음과 같이 서술하기도 했다.

그냥 눈으로 읽을 때와 한 자 한 자 노트에 옮겨 적어볼 때와 그 소설의 느낌은 달랐다. 소설 밑바닥으로 흐르고 있는 양감을 훨씬 세밀하게 느낄 수가 있었다. 그 부조리들, 그 절망감들, 그 미학들. 필사를 하면서 나는 처음으로 이게 아닌데,

라는 생각에서 벗어날 수 있었다. 이것이다. 나는 이 길로 가
리라. 필사를 하는 동안의 그 황홀함은 내가 살면서 무슨 일
을 할 것인가를 각인시켜준 독특한 체험이었다.
　- 『아름다운 그늘』신경숙, 문학동네 2004, p.155~156

　그녀가 여러 매체와의 인터뷰를 통해 필사했다고 공식적으로
인정한 작품만 해도 조세희의 『난장이가 쏘아올린 작은 공』, 서
정인의 「강﹘」, 최인훈의 「웃음소리」, 김승옥의 「무진기행」, 이제
하의 「태평양」, 오정희의 「중국인 거리」, 이청준의 「눈길」, 윤흥
길의 「장마」, 최창학의 「창﹘」 등 그 수가 적지 않다. 이처럼 인터
뷰를 할 때마다 필사를 언급했다는 건 그만큼 그녀 스스로 필사
를 통해 얻은 바가 크다고 인정하는 셈이다.

　이런 모습은 시인 안도현에게서도 나타난다. 그가 신문에 기
고한 글에는 백석의 작품을 베끼다시피 해왔다고 말하는 부분이
있다. 정확히는 백석의 시를 너무나 사랑했던 나머지 옮겨 적는
과정에서 습득해 여러 차례 호흡이나 모티브를 차용했다는 뜻이
지만, 안도현은 서슴없이 베끼고 싶었다고 고백한다. 그의 이야기
를 살펴보면, 필사 과정에서 백석의 작품 세계로 깊이 빠져들었
음을 감지할 수 있다.

필사는 참 좋은 자기학습법이다. 시의 앞날이 잘 보이지 않을 때, 어쩌다 눈에 번쩍 띄는 시를 한 편 만났을 때, 짝사랑하고 싶은 시인이 생겼을 때, 당신은 꼭 필사하는 일을 주저하지 마라. 그러면 시집이라는 알 속에 갇혀 있던 시가 날개를 달고 당신의 가슴 한쪽으로 날아올 것이다.

- 안도현, 「베끼고 또 베껴라… 시가 날아온다」 중,
한겨레신문 2019년 10월 19일

안도현 스스로 백석의 시에서 많은 부분을 차용했다고 말하지만, 백석의 시와 안도현의 시는 다르다. 아무래도 안도현의 시가 조금 더 쉽게 읽히고, 더 친숙하다. 신경숙의 작품도 마찬가지다. 스스로 여러 선배의 작품을 필사하여 성장했다지만, 그녀의 문체는 다른 작가들과 구분되는 스타일이 있다. 두 사람 모두 베껴 쓰면서 훈련했는데, 실력은 베껴낸 상태가 아니라 한 차례 더 변형되어 성장했다. 어째서 이게 가능할까?

손으로 펜을 쥐고 옮겨 쓴다는 건 고도의 집중력을 요하게 된다. 옮겨오는 과정에서 띄어쓰기와 맞춤법을 기본적으로 확인하게 되고, 한 차례 완성된 문장을 읽으며 이미지를 거듭 떠올리게 된다. 원치 않아도 한 문장을 최소한 몇 차례는 속으로 읊조리게

된다는 말이다. 그 과정에서 필사의 주체는 문장의 간결함이나 깊이를 음미하게 되고, 문장과 문장 사이의 적절함을 생각하게 되고, 전체 이야기 속에 놓인 문장의 기능에 몰입하게 된다. 다음으로 이어질 경우의 수에 대해서도 더욱 많은 생각을 하게 됨은 물론이다. 다독과 다상이 자연스럽게 한자리에서 이루어질 수밖에 없다.

두 번째 필사 방법으로는 일정 분량을 베껴 쓸 때마다 자신의 생각을 함께 남기는 형태다. 이는 전국에 '필사붐'을 일으키는 데 큰 역할을 했다. 특히 '논어 필사'를 대중화 한 계기가 되었다. 예를 들어보겠다. 참고로 공자의《논어》중 학이편에 나오는 문구다. 아래에는 뜻을 풀이해 두었고, 그 밑으로 나의 생각을 첨부했다. 그리고 나는 필사를 한다면 이런 형태를 권한다. 일정한 분량을 정해두고, 그와 관련한 본인의 생각을 남겨보는 거다. 쉽게 표현하자면 '베껴 쓰는 독후감' 정도라고 할 수 있겠다.

子曰, 巧言令色, 鮮矣仁。
교묘한 말과 아첨하는 얼굴빛으로는 인품이 뛰어난 사람이 될 수 없다. 이는 상대방을 속이는 행동보다는 진실 되고 성실한 태도가 중요하다는 것을 강조한다.

: 현대 비즈니스 관계에서도 적용되는 말이라고 본다. 영업인들은 서로의 이익 창출을 위한 만남이기에, 기본적으로 상대방에게 친절을 베푼다. 보통 상대에게 바라는 게 클수록 자세를 더 낮추게 된다. 때문에 아쉬운 처지의 사람일수록 겉으로 쉽게 드러난다. 그렇다고 우리 모두가 그들의 부탁을 들어주지는 않는다. 오히려 부담을 느끼기도 하고, 위화감이나 거리감을 느끼기도 한다. 그렇다. 마음이 담기지 않은 친절은 표가 나는 법이다. 이로써 적당히 불편한 사람을 일부러 찾기도 한다. 그런 사람들이 오히려 태도가 일괄적이므로. 셈이 더 정확하다는 말이다.

앞서 단순히 베껴 쓰는 필사의 효과를 살펴봤는데, 거기에 생각 남기기를 추가했다고 보면 된다. 그래서 속도는 훨씬 더디겠지만, 그만큼 사고의 깊이는 더 깊어지고, 문장 강화 훈련으로도 훌륭하다. 무엇보다 당장 무엇을 써야 할지 몰랐던 사람들에게 아주 유용하다. 따로 시간을 들여서 고민하지 않아도 외부로부터 고민할 문제가 매일매일 새롭게 주어지니 창작자만의 기준을 가지기에는 더없이 좋은 기회다. 그리고 내가 《논어》를 예시로 들었다고 해서 굳이 《논어》로 시작할 필요는 없다. 마음에 드는 책이 있다면 무엇이든 좋다. 거기에서부터 시작하면 된다.

필사의 좋은 점 중 하나는 생활의 루틴으로 만들기에 제격이라는 거다. 마치 일기처럼. 일기가 하루의 마무리를 책임지는 루틴이라면, 필사는 아침을 열어주는 루틴으로 안성맞춤이다. 매일 일정 분량을 정하여 생활에 무리가 되지 않는 범위 내에서 진행한다면, 자기 학습 이전에 자기 관리의 도구로 빛을 볼 수 있을지도 모른다.

실제로 나의 지인 중 아주 멋진 두 젊은이가 있다. 한 명은 『나는 공부 대신 논어를 읽었다』의 저자 김범주가 그 주인공이다. 독서 모임과 논어 필사를 통해 중3 때 전교 최하위권 성적에서 고3 때 학생회장으로 선출되는가 하면, 캐나다의 토론토대학교까지 합격했다. 그가 쓴 저서는 현재 개정판으로 재출간이 되었을 만큼 여전히 많은 이의 뜨거운 관심을 받고 있는 중이다. 다른 한 명은 내가 참여하고 있는 독서 모임 '같이가치'의 회장이었던 김용식이다. 그 역시도 독서 모임과 논어 필사를 통해 꾸준한 자기 관리를 해왔다. 그 결과, 실업고와 전문대 출신으로 입사한 회사에서 현재는 해외 주재원으로 억대 연봉을 받으며 근무하는 중이다.

이 사실만 놓고 보더라도 '필사=황소'라는 공식이 떠오른다.

우리는 소를 송아지 때부터 키우며 일을 시킨다. 그러다 때가 되면 팔거나 먹는다. 머리끝에서부터 발끝 아니, 꼬리까지 사골을 우려내서라도. 소란 그렇게 무엇 하나 버릴 게 없는 그런 존재다. 그래서 필사는 황소라는 거다. 마지막 구두점까지 훑음으로써 나에게 피와 살이 되니까. 굳이 그렇게까지 할 필요가 있겠냐 싶겠지만, 효과가 그냥 좋은 정도가 아니라 아주 좋다. 그러니 야무지게 발라먹자.

제시어로 문장력 키워나가기

글쓰기와 관련해 필사와 함께 인기몰이 중인 또 하나의 훈련 방법이 있다. 바로 '제시어 쓰기'다. 말 그대로 제시어가 주어지면 그에 따른 본인의 경험이나 생각을 자유롭게 써보는 거다. 이 역시 이를 목적으로 한 여러 온라인 커뮤니티가 형성되어 있다.

내가 직접 운영하는 '러닝 크루'라는 오픈채팅방에서도 이 같은 연습이 이루어지고 있다. 평소에는 아주 조용하지만, 매주 월·수·금요일 오전 9시가 되면 그날의 제시어가 주어지고, 회원들은 자발적으로 그에 대한 자기만이 할 수 있는 이야기를 써서 공유한다. 쓰지 않는다고 해서 불이익이 따르지는 않는다. 이 외에 매주 목요일마다 내가 직접 작성한 글쓰기에 도움이 될 만한 메시지를 나누는 정도이니 꽤 고요한 방이다. 특강이나 북캉스, 출판사 굿즈 할인 행사 등의 이벤트가 진행되기도 하지만, 게릴라에 지나지 않는다.

이로써 러닝 크루는 지금까지는 제시어 쓰기를 중심으로 운영이 되고 있다고 볼 수 있다. 이렇게 출발한 이유가 있다. 러닝 크루에 가입한 대부분이 저자가 되기를 희망하고, 글쓰기에 관심을 두고 있어서 글을 쓰게 하려는 의도다. 쉽게 말해, 자유 주제로 글을 써보자고 하면 주춤하다가도 주제를 특정하게 되면 예상 밖으로 글이 빠르게 나올 때가 있는데, 이 지점이 제시어 쓰기의 핵심이다.

작동 원리는 앞서 말한 감사일기와 유사하다. 본인만의 기준이나 잣대가 아직 제대로 형성되지 않았거나 기준은 세워졌으나 소재를 주제와 병합하는 연습을 하지 않은 상태에서 무작위로 제시어를 받아 글을 쓰는 연습을 이어 나가면, 생각하는 힘에 빠르게 탄력이 붙는다. 당연히 문장 생성 속도도 점차 빨라진다.

명백히 제시어 쓰기는 초보자가 가장 쉽게 접근할 수 있는 연습법 중 하나다. 지금까지 언급한 연습법을 난이도로 구분을 한다면, 첫 번째가 필사의 무작정 베껴 쓰기, 다음이 제시어 쓰기, 그다음이 필사 후 생각 남기기, 마지막이 감사일기가 되겠다. 그만큼 제시어 쓰기는 쉽고, 재미까지 있다.

설명을 조금 덧붙이자면, 제시어 쓰기는 필사 후 생각 남기기와는 달리 뚜렷한 주제에 관한 생각을 남기는 게 아니다. 제시한 단어를 활용하여 글을 쓰는 행위라서 상상할 수 있는 폭이 넓고,

이에 따라 이야기나 메시지를 마음껏 구상할 수 있다. 더욱이 주제어가 무궁무진해서 감사일기처럼 소재의 중복을 의식할 필요도 없다. 그만큼 창의력을 깊게 요구하지도 않는다.

한편, 제시어 쓰기의 핵심은 순발력에 있다. 여기서 말하는 순발력은 운동신경과는 아주 다르다. 운동신경이 선천적인 영역이라면, 제시어 쓰기의 순발력은 어디까지나 후천적인 노력의 결과물이다. 평소 무언가에 대해 깊은 생각을 하지 않았다면, 글이 나오지 않는 게 정상이다. 내가 여러 차례 말했듯, 어떤 메시지를 전하려면 본인만의 확고한 신념이 굳어져 있어야 하니까. 그렇다고 그런 사고가 부재하다고 해서 문장을 전혀 쓸 수 없는 건 아니다. 분량에 제약만 두지 않는다면, 얼마든지 문장을 만들 수 있다. 다음의 예시를 보자.

제시어: 사과 1
사과는 둥글고 새빨간 과일이다. 제철에 수확한 사과의 당도는 여름철 수박보다도 달다. 과육도 단단하지 않아 갈아서 주스로 마셔도 좋고, 녹여서 잼을 만들어도 좋다. 이런 특징을 이용해 서양에서는 사과조림, 또는 사과 자체를 얇게 썰어 파이에 넣고 굽는 애플파이를 만든다.

사과의 일반적인 특성을 관찰하여 옮긴 글이다. 이처럼 일차적인 정보를 담은 문장은 얼마든지 쓸 수 있는데, 썼던 문장을 시간을 들여 수정을 하면, 문장력 향상에 큰 도움이 된다. 짧은 한 문단이라도 초고를 여러 차례 고쳐 써보는 것이다. 더욱 간결하고, 재미있게 쓰는 데 포인트를 두고.

제시어: 사과 2

사과는 원숭이의 엉덩이만큼 둥글고 새빨간 과일이다. 엉덩이 같은 외모와는 달리 당도는 엄청나게 달다. 부드럽고 연약한 건 아기 엉덩이 살점과도 같아서 갈아서 주스로 마시거나, 녹여서 잼을 만들기도 한다. 한편, 서양에서는 사과조림을 파이에 넣은 애플파이가 만들어지기도 하는데, 지역에 따라서는 사과 자체를 얇게 썰어 올려 굽기도 한다. 이는 우리나라의 김장 형태가 지역별로 다른 것과 유사하다. 외국인 친구를 사귈 기회가 생긴다면, 애플파이의 유형을 보고 어느 지역 출신인지를 맞춰보는 것도 재미있는 놀이가 될 수 있겠다.

사과의 일반적인 특징을 관찰하여 옮긴 글에서 약간의 상상력만 더해본 글이다. 빨간 사과에서 원숭이 엉덩이를 떠올리는 건 그리 어렵지 않다. '원숭이 엉덩이는 빨게, 빨간 건 사과, 사과는 맛있어'로 시작하는 동요를 알고 있다면 이내 연상할 수 있으니까. 이후 애플파이로 이어지는 문장은 '제시어: 사과 1'의 문장부터 간결하지 못했다. 이에 자칫 밋밋해질 수 있는 문장에 재미를 주기 위해 우리의 김치를 짝지었다. 동양과 서양으로 대칭되는 이미지에 친구와 놀이라는 단어를 사용하여 위화감을 없애기도 했다. 문장을 강화하는 연습은 이 정도만 되어도 아주 적절하다. 한마디로 일반적인 특징을 관찰하여 옮긴 문장을 몇 차례 수정하는 작업을 누적하다 보면, 문장력 향상에 큰 도움이 된다.

이 훈련이 익숙해지면, 과감하게 분량에 제약을 두길 바란다. 처음에는 짧게 이행시, 삼행시로 시도해도 좋다. 그런 다음 위의 예시처럼 단순 정보로만 쓰인 문장을 써보고, 한 문단까지 써보는 거다. 이런 방식으로 A4 한 장, 두 장 분량을 늘려가 보자. 그러다 보면 자연스럽게 단순 정보만이 아닌 자신만의 메시지를 담은 글을 쓰는 순간과 마주할 테다. 또 이야기를 구성하는 힘도 길러져 있을 것이다. 미리 축하한다. 당신은 연습법 하나를 통달하여 중급자로 성장했으므로.

여기까지 쓰고 보니 커뮤니티에 가입하지 않은 입장에서는 무작위로 제시어가 주어진다는 말 자체가 당혹스러울 수도 있겠다. 걱정하지 마라. 내가 말한 모든 연습법과 과정은 혼자서 다 가능하다. 타인에게 도움을 요청해야만 하는 경우는 완성된 글의 피드백을 받아야 할 때뿐이다.

혼자서 무작위로 제시어를 뽑는 방법은 아주 단순하다. AI에게 물어보면 된다. 나는 '네이버 cue:'를 자주 이용하는 편인데, AI에게 "'ㄱ' 음절로 시작하는 단어 하나 알려줘."라고 명령하면, 바로 답변을 준다. 한번 쓴 단어가 나오면 이어서 "다른 단어도." 라고 요청하면 즉각 다른 낱말을 제공한다. 이런 식으로 매일 다른 음절 또는 자음으로 시작하는 단어를 알려 달라고 하고, 한 바퀴만 꼬박 돌아도 벌써 24개다. 자음과 모음을 조합하면 당장 떠오르는 것만 해도 다 헤아리기 힘든 수준이다. 만일 이런 번거로움이 싫고, 언제든 의문점에 대한 질문을 하고 싶다면, 내가 운영하는 커뮤니티 러닝 크루에 가입할 것을 권해본다. 무료이니 손해 볼 일은 없을 테다.

얼핏 듣기에는 더 어려울 듯하지만 무작위로 뽑은 제시어를 바탕으로 글쓰기는 자유 주제로 써나가는 것보다 훨씬 쉽다. 막힘없이 자유롭게 글을 쓰려면, 글을 쓰는 당사자가 평소 하고 싶었던 이야기가 분명해야 해서다.

이런 나의 말에 반문하는 사람도 있을 테다. "그럼, 평소에 글을 쓰지 않는 사람은 아무런 생각이나 고민 없이 산다는 이야기냐."라고 말이다. 결단코 아니다. 예를 들어, 환경, 고령화, 저출산 등 우리가 외면할 수 없는 사회적 문제가 많다. 워낙 매체에 언급되다 보니 저마다 한번쯤은 생각해 봤을 사안이다. 또 이와 관련한 최선책이나 대안을 제시할 수는 없더라도 좋고 싫음의 판단은 할 수 있다. 특별히 시간을 들이지 않아 구체화할 수 없었을 뿐, 이런 방식으로 쌓은 생각의 조각이 나이만큼 뇌에 저장되어 있다. 무작위로 뽑은 제시어는 이런 파편들을 구체화하도록 도와주는 장치다.

앞서 나는 다독을 직·간접적인 전체 경험의 일체라 표현했다. 이에 따라 미디어에서 흘러나오는 내용을 귓등으로 듣는 것도 다독이다. 그러나 그러한 입력 자료는 대상으로 연결되지 못한 채 우리의 뇌에 표류한다. 단언컨대, 이런 상태로는 즉각적인 글쓰기가 어렵다. 곱씹어보지 않았으니 뇌가 불러오지 못하고, 백지 앞에서 갑갑증을 느끼게 된다. 이럴 때 제시어가 던져지면, 표류 중인 자료들을 일차적으로 정리하는 기준으로 작용한다. 단적인 예를 들자면, 컴퓨터 바탕화면에 어지럽게 깔려 있는 여러 자료를 정리하기 위해 임의의 폴더를 하나 만든 격이다. 그 폴더의 이름이 직박구리이든, 매이든 아무런 상관이 없다. 폴더를 하나 만들었다는 사실이 중요하다. 무질서하게 저장된 파일을 정리하는 최소한의 기준을 만든 게 핵심이라는 뜻이다. 이 같은 논리에 따라 자유 주제보다 임의 제시어가 초보자에게 훨씬 쉽게 다가온다. 망망대해에서 고민의 폭을 좁혀주는 특정 대상이 생겼으니 거기에 집중만 하면 되니까.

나는 현장 수업에서도 이 연습법을 고집한다. 2시간 수업 시간 중 1시간은 이론을 설명하고, 나머지 1시간은 함께 써보는 형태로 진행한다. 이때, 제시어는 즉석에서 쉽게 연결되지 않을 듯한 3개의 단어로 정한다. 가령, 선거, 가습기, 셀카봉 같은 식이다. 한마디로 연관성이 없어 보이는 단어를 선별한다. 이런 연습법을 처음 접하는 수강생들은 적지 않게 당황한다. 쉽게 연상할 수 있는 흐름이 아니니 굉장히 어려워 보여서다. 그럼에도 나는 그런 제시어를 이용해 짧게라도 써보라고 한다. 물론, 그 단어가 반드시 중심 소재가 될 필요는 없다. 이 부분은 매우 중요하다. 선정한 단어가 글의 핵심이 되어야 한다고 규정하게 되면, 하고 싶었던 이야기가 있었던 사람은 오히려 글쓰기가 매우 어려워지기 때문이다.

신기하게도 대부분 처음 한두 주는 힘들어하지만, 이후부터는 굉장히 즐긴다. 이어지지 않을 것 같은 소재들을 이어 붙이는 재미가 제법 쏠쏠한 데다가 막상 써보니 예상보다 잘 쓰는 자신을 보게 되는 것이다. 그래서인지 연관성이 적어 보이는 단어일수록 수강생의 만족도가 높다. 그만큼 어려워 보이는 작업이지만, 효과는 확실하다.

이제부터 상상력의 극대화를 요구하지만, 그간 쓰지 않았던 근육에 강한 압력을 주는 것과 다름없어서 다상의 핵심이라 봐도 무방한 이 훈련을 해보자. 처음이라 낯설겠지만, 전혀 부담을 느끼지 않아도 된다. 혹여나 제시어를 받고 무언가 떠오르지 않아서 글이 써지지 않는다면, 다음처럼 단계적으로 정리하면 된다. 분명 당신의 내면에는 이미 표류하고 있는 많은 정보와 자료가 있을 테니까. 적어도 나이만큼은 있다.

① 우선 겉으로 드러난 바를 나열한다.

② 그다음 '나'와의 연관성 즉, 경험과 관련해 적는다.

③ 만일 없다면, 다른 사람의 경험을 곁들인다.

④ 앞에 기록한 내용을 바탕으로 느낀 바를 가감 없이 표현한다.

이 방식으로 각 단어를 적용해 쓰기를 누적해 나가면, 어떤 단어 앞에서도 주눅 들지 않을 수 있다. 저마다 소요하는 시간의 차이는 있겠지만, 중요한 건 쓰는 과정을 통해 닫혀 있던 상상력을 극대화하는 것이다. 그렇다. 상상력은 무에서 발휘되는 게 아니라, 작은 파편이라도 있어야 가지를 뻗어나갈 수 있다. 그러하기에 지금까지 언급한 무관해 보이는 단어를 조합해 글을 쓰는 건 글 근육을 키우는 데 매우 강력한 훈련법이다. 전혀 의심할 필요 없다. 내가 여전히 즐기는 글쓰기 유형이고, 이를 접목해 책도 출간했다.

실제로 몇해 전 태어난 첫 아이를 위해 쓴 『괜찮아, 아빠도 쉽진 않더라』는 누구나 편하게 읽을 수 있는 동화 모음집인데, 만나게 될 수강생들을 염두에 두고 집필한 교재이기도 하다. 2개월에 걸쳐 평일에만 비슷한 분량으로 하루에 한 편씩 짤막짤막하게 썼는데, 무작위로 선정한 단어 3개를 소재로 문장을 구성했다. 단어는 개인 홈페이지에서 나의 팬들이 댓글에 남긴 낱말을 주로 활용했고, 내가 임의로 고르기도 했다. 그야말로 상당히 의도적이었던 책이다. 이야기 전반의 완성도가 다소 떨어지더라도 이런 연습법을 통해 이 정도는 누구나 할 수 있다고 보여주고자 하는 데 의의가 컸다. 이해를 돕고자 스스로 정했던 제약을 정리해 보겠다.

> ① 편당 분량은 공백 미포함 기준 3,000~3,500자로 한다.
> ② 완성도에 관계없이 평일 기준 1일 1편을 마감한다.
> ③ 이야기에는 팬들이 선정해 준 임의 단어 3개를 넣는다.
> ④ 단어를 꼭 중심 소재로 사용할 필요는 없다.

덕분에 2개월 사이에 약 40편의 짧은 이야기를 만들 수 있었고, 그중 24편을 골라 수록한 책이 『괜찮아, 아빠도 쉽진 않더라』다. 또 다소 부족하다고 생각한 작품들은 전자책 형태로 『5월과 7월, 그리고 9월의 짜투리』라는 제목으로 공개했다. 나는 지금도 무작위로 뽑은 3개의 단어를 연결해 연재하듯이 쓰는 도전을 이어 가고 있다. 이런 나의 고백에 이야기가 어떻게 완성되었는지 궁금할 수도 있으니 나름 재미있게 작업했던 동화 일부를 부록으로 삽입해 두겠다.

# 주제어 언급하지 않고 쓰기

연관성 없는 3개의 단어를 연결해 글짓기가 익숙해지면, 제시어를 직접적으로 언급하지 않는 글을 써보길 바란다. 이 역시 방법은 매우 심플하다.

> ① 무작위로 단어를 뽑는다.
> ② 제시어를 표현하는 문장을 쓴다.
> ③ 이때 제시어를 직접적으로 언급하지 않는다.

가령, 지우개를 주제 단어로 선택했다면, 지우개를 직접적으로 언급하지 않고, 문장을 완성하는 거다. 이 연습법은 표현력을 다채롭게 해주는 힘이 있다. 다음의 예시를 보자.

제시어: 지우개
과거를 지우고, 미래를 새롭게 시작할 수 있는 기회를 열어주는 키가 작은 고무 친구.

우리가 지우개를 떠올렸을 때보다 이미지가 훨씬 더 친근하고 긍정적인 방향으로 바뀌었다. 이처럼 표현을 달리해주는 것만으로도 대상에 대한 거리감을 바꿀 수 있다. 이는 독자를 자신의 의지대로 끌고 감으로써 창작자에게 강력한 기술이 된다. 여기에서 우리는 표현력이 표현 대상과 독자의 심적 거리감을 허무는 가장 기본적인 무기임을 알 수 있다.

그렇다면 이런 작업이 가장 도드라지는 장르는 무엇일까? 장르 불문하고 모든 글쓰기에 적용할 수 있겠지만, 그 자체로 유용할 수 있는 건 '시詩'라고 본다. 내가 실제로 이 형태에 주목하게 된 계기는 인터넷 서핑의 결과다.

제시어: 구멍 난 양말
어쩜 가난이라는 것은 발끝까지 옮는지.

누군가가 트위터를 통해 시작한 놀이였다. 그러다 '양말에 구멍이 났다'를 '구멍'이라는 단어를 쓰지 않고 다시 작문해 보자고 제안했다. 그 과정에서 모두의 감성을 건들인 표현이 위의 예시문이다. 나도 반응했던지라 정확히 기억한다. 그리고 그 자체로 시어詩語임을 인정할 수밖에 없었다. 동시에 '제약을 둔 작문에서 어떻게 이런 문학적인 감성이 나올 수 있을까?'라는 호기심이 생겨 모순의 힘과 상상력의 작용 과정에 대한 생각에 빠지게 되었다.

표현할 대상이 있으나 직접적으로 언급하지 않는 건 모순이다. 이에 따라 상상력을 발휘하여 다른 무언가와 연결할 수 있는 지점이 된다. 끝이 아닌 시작이라는 소리다. 여기서 창작자는 표현 대상의 일차적인 이미지를 포착하게 되고, 유의어를 돌아보고, 그 현상에 어떤 시간이 흘렀을지 상상하게 된다. 이런 일련의 흐름 자체가 시인이 세상을 돌아보는 시선과 닮아있다.

혹 강력한 표현력으로 대상과의 거리 허물기를 원한다면, 이 연습법을 잘 활용해 보길 바란다. 처음에는 책, 인형과 같이 명사 제시어로, 다음에는 새 책, 버려진 인형 등 관형사로 꾸며진 명사로 낱말을 점점 더 확대하면서 연습을 하다 보면, 분명 멋진 표현을 많이 모을 수 있으리라 믿는다. 그렇게 쌓인 결과물은 고이 간직해두었다가 글을 쓸 때마다 조금씩 끌어다 쓰면 된다. 상상만으로도 흥분되지 않는가? 기뻐하자. 당신을 위한 무대가 만들어지는 중이니까.

TIP

당신의 글쓰기가 원활하지 않은 건 당신의 탓이 아니다.
우리를 쫓기는 마음으로 살게 하는 사회 환경이 문제다.
문제를 감정적으로 대하느라 그간 기회를 잃었던 것이다.

레모네이드 제조법은 매우 단순하다.

① 커다란 유리병이나 컵을 준비한다.

② 레몬즙을 짜서 넣는다.

③ 사이다나 탄산수를 넣는다.

④ 설탕이나 꿀을 넣고 휘젓는다.

여기에서 마무리로 얼음을 넣거나, 민트를 올리거나, 자른 레몬을 꽂아주는 건 몽땅 개인의 기호다. 그러니까 꼭 필요한 건 아니다. 작가 되기도 매우 쉽다.

① 건강한 신체를 준비한다.
② 독서한다.
③ 경험한다.
④ 관찰한다.
⑤ 2~4번을 바탕으로 쓴다.

끝이다. 혼합된 결과물이 축적되어 내재하는 시간만 조금 기다려주면 된다. 시간의 흐름 속에서 다상이 이어지기만 하면, 그냥 작가도 아닌 '훌륭한 작가'가 될 기반을 모두 다 갖췄다고 볼 수 있다. 여기에 지금까지 내가 알려준 훈련법만 반복하면 된다. 그 가운데 필사와 연관성 없는 3개의 단어 연결해 글짓기를 강력 추천한다. 이미 자신만의 메시지와 관심사가 충분히 형성된 뒤라서 빠른 속도로 탄력이 붙으리라 확신한다.

물론, 건강한 신체는 있지만 경험과 독서가 부족할 수 있고, 다상의 시간이 절대적으로 부족할 수도 있다. 그렇다고 해서 무작정 부족한 요소만 채우고 있을 수는 없다. 쓰기를 병행해야 한다. 그래야 좋은 글을 쓰는 시간을 더 단축할 수 있다. 이때 무작위로 뽑은 제시어와 연관성 없는 3개의 단어를 연결하면서 다상의 시간을 갖고, 다채로운 독서를 병행하면 시너지 효과가 일어난다.

그러니 작가가 되는 일을 어렵게 생각할 필요가 없다. 그저 재료를 넣고 잘 젓기만 하면 뚝딱 만들어지는 레모네이드처럼, 언급한 순서대로 꾸준히 시도하다 보면 본인도 모르는 사이에 어엿한 작가가 되어 있다. 과학자들이 유전자의 비밀을 캐내는 것보다, 의사들이 말기 암환자를 살리는 것보다 쉽다. 아니, 농사 경험이 부족한 사람이 감자, 고구마 키우는 것보다도 수월하다.

더 직접적으로 얘기하자면, 도서관에서 빌려 읽는 책 그리고 종이와 펜만 있으면 언제, 어디서든 작가로 한발 다가갈 수 있다. 그러므로 아무런 걱정할 필요 없다. 굳이 잃을 게 있다면 시간이다. 하지만 우리는 그동안 고상하지 못한 취미로 이미 흘려보낸 시간이 많다. 그에 비하면 훨씬 유익함으로 채워질 시간이다.

당신의 탓이 아니다

"이렇게 가만히 멍때리고 있어도 된다고요?"

한번은 수업을 하던 중에 한 수강생이 나의 수업이 당혹스럽다면서 이런 말을 했다. 글을 잘 쓰고 싶어서 나의 수업을 신청했는데, 그저 생각하는 시간을 가지는 행위가 그에게는 죄책감으로 다가온다고 했다. 가만히 누워서 생각한다는 것이 단순히 '멍때리기'로 다가왔다는 것이었다. 그러면서 "제가 형편이 부족하지도 않고, 아무 일도 하지 않고 쉬어도 되기는 하지만, 그냥 생각만 하고 있으라는 건 너무 막연하네요. 바로 눈에 보이는 결과가 있는 것도 아니고…."라며 솔직한 심정을 고백했다.

나는 그의 마음이 진심으로 이해가 되었다. 아마 그 수강생이 처음부터 여유롭지는 않았을 테다. 빠듯한 일상을 딛고, 견디며, 오늘에 이르렀을 테다. 자세히 듣지 않아도 정신없이 하루하루를 헤쳐 왔을 그의 삶이 그려졌다. 이에 나는 "해보지 않은 것이라 낯설어 그런 겁니다. 지금까지 결과가 손에 쥐어지는 일에 집착했을 테고요. 아니, 대부분의 현대인이 그렇습니다. 글쓰기가 힘든 이유도 여기에 있습니다. 가만히 앉아서 생각하는 건 누구에게나 당장 소득을 가져다주지 않는 일이거든요. 제가 해드릴 수 있는 말은 그래도 같이 한번 해보자는 겁니다. 시도만 한다면 분명 글은 점점 나아질 겁니다. 그리고 이건 제 경험인데, 도움이 되었으면 해서 일화를 하나 들려드릴까 합니다." 그렇게 나는 나의 경험담을 그에게 차분히 전했고, 당신에게도 공유한다.

20대 후반, 국문학 석사 과정을 밟고 있던 때였다. 하루는 학사 과정 중에 있는 후배들과 집단으로 심리상담 교육을 받았다. 그날 나는, 지금 떠올려도 퍽 당혹스러운 경험을 했다. 당시 진행을 맡은 강사는 우리에게 존경하는 인물을 적고, 이유를 알려달라고 했다. 나는 듣자마자 거리낌 없이 한국근대문학의 대가, 횡보 염상섭 선생을 적었다. 그가 「표본실의 청개구리」, 『삼대』 등 제목만 들어도 알법한 수작을 발표하면서 한국 문학계의 리얼리즘 초석을 다졌으니 내게 이유는 마땅했다. 그런데 다른 후배들은 본인의 아버지 이름을 적었다. 뒤늦게 그 사실을 알게 된 나는 순간 말을 잃을 정도로 충격을 받았다. '나는 나의 아버지를 존경하는 마음이 조금도 없는가? 아버지도 아버지의 인생을 열심히 사셨는데? 왜 아버지 생각은 전혀 나지 않았을까? 나는 그저 후레자식인가?'라는 생각과 함께.

망설임은 1초도 없었는데, 충격으로 인한 혼란 상태는 1년 가까이 이어졌다. 주변에 내색은 하지 않았지만, 일상에서 틈을 보일 때마다 아버지가 생각났고, 아버지의 이름을 적을 생각은 조금도 하지 않았던 스스로를 돌아봤다. '어디가 어떻게 고장이 난 것일까?', '이대로 지내도 괜찮은 인격인가?'라는 질문을 끊임없이 던지면서. 더욱이 글쓰기에 자신감을 부쩍 잃었을 때였다. 설명을 덧붙이자면, 대학을 졸업하는 과정에서 전국 단위에서 입상하지 못했다는 현실이 주는 패배감이 엄청났다. 타인에게 쓸모없는 사람으로만 기억될까 두려웠던 차에 벌어진 일이었다.

다소 절망적이었지만, 아이러니하게도 그때의 고비를 넘긴 건 순전히 운이 나빠서였다. 그리고 이내 나는 등 떠밀려 대학원을 그만두면서 학교를 떠나 세상 밖으로 나왔다. 덕분에 정신없이 살면서 "그저 내가 심적으로 빨리 독립했을 뿐이다. 내가 길을 일찍 정했던 만큼 나의 롤모델이 나의 아버지일 필요가 없었을 뿐이다."라며 아버지를 떠올리지 못했던 문제에 대해 스스로 답을 내린 건 꽤 시간이 흐른 뒤였다.

이처럼 생각해 보지 않았던 걸 생각하게 되었을 때, 그리고 그 생각의 형태가 남들과 다를 때, 우린 당혹스러울 수밖에 없다.

스스로 규범에서 벗어난 인간인지 의심이 들기도 하고, 부정적인 생각에 짓눌릴 수도 있다. 한 가지 확실한 건 그건 당신의 탓이 아니다. 여러 이유가 있지만, 딱 2가지만 이야기해 보자면 아래와 같다.

첫째, 우리 사회는 우리가 가만히 공상에 잠기는 것을 달가워하지 않는다. 첨단의 자본주의, 무한 경쟁의 사회다. 결과가 소득으로 직결되지 않는 행동이나 사고는 스스로 배제한다. 누가 시켜서 그런 게 아니라, 생존을 위해 스스로 방어기제가 작동하는 거다. 이런 상태는 당연히 글쓰기와는 어울리지 않는다.

둘째, 첫 번째 이유로 생각할 문제가 생겨도 문제와 자신과의 거리를 조절하지 못해서다. 우리가 인생을 살면서 겪게 되는 다양한 문제는 "무엇은 어떠어떠해야 한다."를 규정하고 있어서다. 예를 들어, 엄마라는 존재는 모성 본능이 있어야만 하고, 모든 자식은 부모를 존경해야 한다. 또 정치인이 거짓말을 하지 않았으면 하는 바람은 절대적으로 지켜졌으면 하는 명제다. 그렇지만 세상에 절대적인 게 과연 얼마나 존재할까? 선천적으로 모성 본능이 결여된 사람도 있고, 나처럼 부모에 대한 존경심이 덜한 경우도 있다. 정치인들이야 말해봤자 입만 아프다.

문제는 이들과 마주했을 때 어떻게 받아들이느냐다. 대부분 고통받는 이유는 문제를 너무 가깝게 들여다봐서다. 나 역시도 그랬다. 한 발짝만 떨어지면 아무렇지도 않았을 일이었다. 아버지를 존경하지 않는다고 해서 사랑하지 않는 건 아닌데, 순간적으로 그걸 구분하지 못했던 거다. 문자 그대로 존경하지 않는다면, 당시 존경하던 대상과 비교해 보는 것도 좋은 방법이었을 텐데, 그런 생각조차 하지 못했다. 또 나의 존경심이 어디서 영향을 받았는지를 찾아볼 생각을 했었더라면, 아주 쉽게 마음의 평화를 얻었으리라. 하지만 감정에만 함몰되어 있었다. 그러니 나의 글쓰기에 정체기를 맞았던 건 당연한 상황이지 않았을까?

당신의 글쓰기가 원활하지 않은 건 당신의 탓이 아니다. 우리를 쫓기는 마음으로 살게 하는 사회 환경이 문제다. 그런 환경에 문제를 감정적으로 대하느라 그간 기회를 잃었던 것이다. 이 사실을 알게 됐음에도 나아지지 않는다면, 그건 당신 탓이다. 오늘 이후부터는 확실히 당신 탓이다. 누구를 탓할 필요도 없다. 탓하고 싶거든 삼다를 생수처럼 마시며, 알려준 대로 연습해라. 그럼, 탓할 필요도 없이 이미 당신은 작가가 되어있을 테다.

함께 글 쓰는 친구 만들기

코로나 팬데믹 이후 전 세계가 온라인으로 대동 단결되었다. 일상의 많은 부분이 비대면으로 진행되면서 관계에 대한 에너지 소모도 많이 줄어들었다. 시간의 효율성은 두말할 것도 없다. 그러나 개인적으로는 이런 현실이 글쓰기에 도움이 되지는 않는 듯하다.

세상 모든 일이 그렇듯 글쓰기에도 정체기가 찾아온다. 그것도 딱 애매한 시점에 말이다. 마치 올림픽 메달을 목표로 하는 운동선수들이 국가대표 선발까지는 거뜬히 실력을 향상하지만, 메달권 진입 앞에서 오랜 기간 정체되는 모습과 비슷하다. 분명 끊임없이 노력하는데 벽 하나가 가로막고 있는 것만 같다.

이때 빠르게 벗어나는 방법은 오직 하나, 친구의 도움을 받는 거다. 스승까지 갈 필요도 없다. 오히려 스타일이 확고하게 굳어버린 스승의 도움은 일정 틀에 갇힐 위험이 있다. 그러므로 최대한 많은 동료를 곁에 두는 게 좋다. 그리고 그들에게 냉철한 비판을 받아라. 다양한 피드백을 들을수록 부족함을 보완할 힘이 생긴다.

하지만 요즘은 의도적으로 동료를 두지 않으려 한다. 더욱이 온라인 플랫폼이 발달함에 따라 자신의 막연한 생각이 정답이라고 여기는 경향이 크다. 단순히 작품을 써서 공유하면 자연스럽게 대중이 호응하리라고 믿는 것이다. 안타깝지만 이건 명백한 착각이다. 웬만해서는 아마추어의 글을 정성 들여 읽어줄 사람은 많지 않다. 나조차도 그런 건 뒷전이다. 잘된 것만 찾아보기에도 벅찬 세상이기 때문이다.

물론, 특정 목적을 가진 온라인 커뮤니티도 있다. 전혀 모르는 사이임에도 모여서 글을 쓰고, 함께 나눈다. 여기까지는 좋다. 문제는 일정 이상 가까운 사이가 되기를 꺼려서 타인의 글에 잘못된 부분을 발견하고도 넘어가는 경우가 비일비재하다. 아니, 함부로 평가했다고 열을 내기도 한다. 이런 분위기가 지속되면 아무런 발전을 부르지 못한다. 익명성에 기반한 온라인 활동은 이런 결점이 따른다. 나의 글을 진심으로 읽고, 격려해 주는 사람이 없으니까.

분명히 강조하지만, 당신에게 필요한 건 함께 읽으며, 감정을 주고받을 동료다. 되도록 오프라인에서 얼굴을 마주 보고 교류하길 바란다. 온라인이 중심이더라도 정기적으로 오프라인에서 만나서 서로의 글을 읽고, 각자의 생각을 나눠라. 그렇게 자기의 속살을 보이고, 침범당하기도 해봐야 한다. 그래야 정체기가 오지 않는다. 제자리걸음을 걷지 않는다는 소리다. 설령 온다고 하더라도 동료들이 붙잡아준다.

당연히 오프라인 모임에도 단점이 있다. 모임이 길어지다 보면, 본래의 목적이 아닌 친목으로 흐름이 바뀔 수도 있고, 긴장감이 줄어들면 서로의 원고를 의무감으로 대하는 데 그칠 수도 있다. 제일 끔찍한 건 완성한 원고를 서로에게 보이지 않아도 누가 무슨 말을 할지 쉽게 짐작하는 상황이다. 가장 편안할 듯해도 응당 경계해야 하는 단계다. 모임 구성원들이 현실에 안주하고 있다는 뜻이므로. 이에 따라 신규 회원 모집에 대한 가능성도 항상 열어두어야만 좋은 모임이 될 수 있다. 자극이 있어야 모두가 신이 나는 법이니까.

이런 단점에도 경험이 부족한 이들에겐 오프라인 모임이 여러모로 강력한 자극제가 되고, 도움이 된다고 확신한다. 그러니 부디 함께 글을 쓰는 동료를 많이 만들어두길 바란다. 더불어 이 기회를 빌려 나를 회장으로 세워서 오랜 시간 함께 인연을 이어온 글쓰기 모임 '팔색조' 회원 모두에게 진심으로 고마움을 전한다.

바로 앞에서 글벗의 중요성을 언급하면서 오프라인으로 직접 피드백을 주고받는 방식을 추천했다. 그렇다고 온라인 글쓰기가 나쁘다는 건 아니다. 어떻게 활용하느냐에 따라서 온라인도 기대 이상의 효과를 얻을 수 있다. 가령, 블로그를 비롯한 SNS에 본인의 이야기를 꾸준히 쌓아나간다면 어느 순간 문장력이 향상되었음을 반드시 느낀다.

그러나 그 실천을 함에 있어서 늘 의욕이 넘치지는 않는다. 내가 얘기했듯이 완벽한 타인, 그것도 아마추어의 글을 인내를 갖고 읽어줄 사람은 많지 않기 때문이다. 그리하여 많은 사람이 SNS 글쓰기에 도전하기도 하지만, 빨리 지친다. 긴 시간을 투자해 어렵게 작성한 글이 기대한 만큼 반응이 없기 때문이다. 이런 상황에서 글쓰기를 이어 나가기는 결코 쉽지 않다. 글이란 본디 읽혔을 때 가치가 발휘되므로.

또 다음과 같은 문제도 생긴다. 누군가 긍정적인 피드백을 해주면, 그 말을 곧이곧대로 신뢰하면서 함정에 빠진다. 다시 말해, 댓글 하나에 판단력이 흐려져 자기 글이 훌륭하다고 착각한다.

당연히 좋은 글일 수는 있지만, 아쉽게도 댓글에는 객관적인 관점이 들어있지 않다. 대다수가 자기의 지지자를 늘리기 위해 칭찬으로 접근한다는 사실을 안다면 나의 말을 이해할 테다.

그래도 외로운 싸움을 하며 힘든 시기를 견뎌내다 보면, 직접 쓴 글이 포털에서 상위 노출이 되는 순간을 맞이하기도 한다. 더 나아가 출판사, 미디어 제작사 등에서 러브콜을 보내기도 하고, 강연 문의를 받기도 한다. 말 그대로 기적이 펼쳐진다. 각종 SNS를 통해 인생 역전을 맛봤다고 고백하는 이들의 과정도 이와 비슷하다. 나 역시 대중에게 알려진 밑바탕에는 블로그가 있었다.

안타깝지만 이 순간부터 본인이 원하는 스타일을 지키며 마음대로 쓰지 못하기도 한다. 관심 갖는 이들이 늘어나면 늘어날수록 이 경향은 더 짙어진다. 자신도 모르게 자극적인 소재를 찾고, 문체도 바뀐다. 자꾸만 독자의 시선을 의식하면서 스스로 압박하는 것이다.

반면, 오프라인에서는 지금까지 언급한 모든 어려움과 확실히 거리를 둘 수 있다. 정확하고, 세밀한 피드백을 받음으로써 훨씬 안정적으로 글쓰기 실력이 자리를 잡을 테고, 더욱 편안한 호흡으로 작업에 집중할 수 있다. 대신, SNS처럼 역전의 기회가 알아서 찾아올 가능성은 없다. 기껏해야 공모전이나 출판사 투고가 최선이다. 주변인을 제외하고는 세상에 내 글을 알릴 기회 자체가 없다는 말이다.

이처럼 채널마다 장단점이 있다. 이에 나는 본인의 성향을 고려해서 활용해 보기를 권한다. 무엇보다 SNS의 다양한 플랫폼은 당장 나의 글을 타인에게 알릴 수 있는 큰 이점이 있으니 전략만 제대로 세운다면, 누구에게나 기회가 될 수 있다고 본다. 이를 근거로 온라인이라는 도구에 "언제, 어떻게 진입할 것인가?"라는 질문으로 접근하여, 당신도 당신에게 유효한 글쓰기 채널을 만들었으면 한다.

영상도 다독이다

"제발 유튜브라도 봐라."

내가 학생들을 만날 때마다 빠트리지 않고 하는 말이다. 많은 부모가 학업 방해 요소로 영상과 거리를 두게 하지만, 전혀 다른 취지로 해주는 말이다. 아래의 기준으로 영상을 권하고 있으니까.

> ① 직업과 관련된 영상을 보라.
> ② 채널 운영자가 전문가인 영상을 보라.
> ③ 아무리 좋은 정보가 있어도 숏폼은 보지 마라.

학생들에게 영상물을 가까이하지 말라는 이유 중 하나로 '일방적인 정보 전달'이라는 특성이 꼽힌다. 모두 잘 알듯이 연출자의 의도대로 만들어진 영상은 생각할 시간을 주지 않을 만큼 빠르게 재생된다. 특히 비전문가들의 영상물은 하루에도 수백만 단위로 쏟아지고 있는데, 자극적이고 저급한 내용을 다수 포함하고 있다. 무엇보다 기승전결이 빠져서 맥락의 이해를 방해한다. 당연히 부모 입장에서는 염려스러울 수밖에 없다. 대중적으로 잘 만들어졌다는 영화나 드라마도 마찬가지다. 호흡은 훨씬 길지만,

상업성을 위해 이전보다 자극적인 연출을 마다하지 않는다. 그런데 이 같은 문제가 책이라고 해서 없을까?

책도 결국 상업적 성공을 바라는 대중매체다. 아무리 좋은 정보를 담고 있더라도 독자에게 전달되지 않으면 무용지물이다. 이로써 최근 출간되는 책들을 살펴보면 점점 더 심플해지고 있다. 게다가 문학 작품은 선호하지 않는 장르가 되었다. 독자들이 조금이라도 생각해 봐야 하는 의미심장하고, 복잡한 문장을 버거워함에 따른 현상이다. 그뿐만 아니다. 편집자들은 단숨에 독자에게 핵심 정보를 전달할 수 있도록 본문 다음에 펼쳐지는 핵심 정리 도표와 활동지를 위해 더 고민하는 추세다. 이 영향으로 책은 갈수록 디자인에 힘이 들어가고, 가격도 오른다. 창작자도, 소비자도 언제부터인가 기본 원리나 이론보다는 당장 적용할 수 있느냐, 없느냐에만 관심을 둔다. 이로써 책을 읽고 얼마간 흉내 내기까지는 쉬워도 그다음이 더 어려워졌다. 즉, 책의 근간이라고 할 수 있는 상상력이 훼손되어 가는 중이라는 말이다.

결국 영상이건 책이건 주체성이 관건이다. 이쯤에서 나는 학생들이 부모보다 훨씬 머리가 좋은 점을 짚고, 다음 이야기를 이어가려 한다. 학생들은 아직 어리다는 이유로 부모가 여러 제한을 둔 탓에 세상 물정에 어리숙할지는 몰라도 머리 자체는 훨씬 뛰어나다. 두뇌 회전 속도도 나이에 있어서는 따라갈 수가 없다. 성장기의 아이들을 저물어가는 세대가 어찌 따라잡을 수 있을까? 그러므로 단순히 영상의 단점에 두려워하며, 접근 자체를 통제하기보다 책이든 영상이든 선별 과정에 함께 참여하며, 주체적으로 판단하는 힘을 길러주는 쪽이 현명하다고 본다.

더불어 책이 무조건 옳다는 생각은 시대 변화를 읽어내지 못한 고정관념이다. 그런 논리라면, 나날이 나빠진 대한민국 청소년 독서 실태와 오늘날의 경제 성장은 어떻게 설명해야 할까? 이 사실만 놓고 보더라도 수많은 개인이 어떤 식으로든 유용한 정보를 입력해 활용해 왔음을 알 수 있다.

내가 학생들에게 영상이라도 보라고 하는 이유도 여기에 있다. 모두가 그렇지는 않겠지만, 다수의 학생이 집-학교-학원-집이라는 패턴으로 생활하고 있다. 그로 인해 숙제할 시간도, 영양을 섭취할 시간도 빠듯하다. 잠시라도 또래 친구와 어울리는 시간이 주어지면, 감사해야 할 정도다. 학생들의 글 소재가 학교 또는 학원에 머물러 있는 점만 봐도 부정할 수 없는 현실이다. 조금 더 발전하면, 게임이나 판타지쯤 되겠다. 이 와중에 독서를 한다는 건 부모의 욕심에 지나지 않다.

　이런 극단적인 현상은 우리 사회인도 마찬가지다. 집-일터-집
이다. 가족과 저녁 식사를 함께하는 삶은 이상일 뿐, 잦은 야근
으로 인해 가족과의 관계조차 소홀해지는 가구가 다수다. 이 가
운데 독서를 하고, 문장을 단련하고 있다면, 정말 대단한 작업을
해 나가고 있다고 할 수 있다. 나는 그런 이들에게 박수를 아끼지
않는다. 다만, 어떤 책을 어떻게 읽고 있는가에 대해서는 잔소리
를 하고 싶다.

　직설적으로 말하자면, 정보 전달을 일방적으로 전달하는 실용
서적을 여러 권 읽는다고 해서 크게 달라지는 건 없다. 그런 책들
은 조금만 검색해도 핵심을 5분 내로 간략히 정리한 영상물이 수
두룩하다. 또한 독자가 곧장 실행에 옮길 때나 책의 가치가 빛을
발한다. 쌓아두는 것만으로는 큰 가치가 없다는 뜻이다. 오히려
빠르게 핵심을 이해시켜 주는 영상이 도움이 될 때가 많다.

　그러니 책을 통해 사고의 깊이를 바꾸고, 문장력도 향상하고
싶다면, 토론할 요소가 많거나 그간 경험해 보지 못했던 영역의
서적을 찾아 읽어야 한다. 이는 내가 학생들에게 영상을 시청할

때 걸어둔 제약과도 같다. 설명을 덧붙이자면, 직업과 관련한 영상을 보라는 건 겪어보지 못한 세계를 보라는 의미다. 아무리 유능한 소방관이라도 경찰관의 업무를 어찌 다 알겠는가? 각자 직종이 다르면 모를 수밖에 없는 영역이 존재한다. 전문가가 운영하는 채널을 보라는 이유도 분명하다. 일반인의 교양 수준을 넘어 한 영역에서 전문가가 된 이들에게는 배우지 말아야 할 부분보다 배울 만한 노하우가 더 많으니 추천하는 거다.

수차례 이야기했지만, 거듭 강조한다. 다독은 단순히 읽는 작업을 말하는 게 아니다. 모든 직·간접 경험의 총체다. 중요한 건 매체의 부정적인 요소가 아니다. 내게 필요한 정보를 이용할 수 있느냐, 없느냐임을 명심하자.

나만의 단어장 만들기

수필이나 소설이라면, 문장 전체에 리듬감을 살리기 위해 의도적으로 같은 단어를 적절한 위치에 반복 배치할 수 있다. 나도 즐겨 쓰는 방법이다. 랩 가사를 쓰는 것처럼 라임이 입에 감기는 기분이 들어서 꽤 재미있다. 하지만 일반 교양서적이나 실용서적에서는 불필요한 기술이다. 오히려 스타일이 완성되지 않은 상태에서는 전체 흐름에서 한 문단만 튀어버리는 부작용이 따른다.

그렇다면 무난하게 읽히는 문장을 완성하려면 어떻게 해야 할까? 여러 번 언급했듯 기본적으로 간결해야 하고, 적절한 변화가 따라주어야 한다. 가장 쉬운 방법이 같은 단어를 반복하기보다는 같은 내용의 다른 단어 즉, 유의어를 사용하는 것이다. 다음의 예시를 보자.

스마트폰이나 태블릿을 너무 많이 사용하면 건강에 좋지 않은 영향을 줄 수 있습니다. 모바일 기기를 오랫동안 사용하다 보면 눈이 피로해지고, 시력이 나빠집니다. 또한, 자세가 불안정해져 허리나 목 등에 통증이 생기기도 합니다.

스마트폰, 태블릿이란 단어를 다음에 이어지는 문장에서는 모바일 기기라는 대체어로 받아주었다. 바람직한 방법이다. 이처럼 창작자가 간결한 문장에서 변화를 주기 위해서는 유의어, 다의어에 대한 학습이 선행되어 있어야 한다. 실시간으로 AI에게 도움을 요청하는 방법도 있겠지만, 어느 정도는 자신의 머릿속에 담아두는 게 좋다. 그래야 더 빠르게, 매끈한 문장을 만들 수 있다.

방법도 어렵지 않다. 어차피 좋은 글쓰기를 위해 다독을 해야 함을 알게 되었으니 다채로운 서적을 읽으면서, 혹은 영상을 보면서, 낯선 단어들은 따로 메모를 해두는 거다. 그러면 충분하다. 그렇게 따로 메모한 단어들은 훗날 한번씩 들춰보는 것만으로도 우리 뇌에 남게 된다. 그렇게 문장이 자연스럽게 바뀐다.

 입장 바꿔 생각해 보기

글쓰기에서 가장 경계해야 하는 건 나르시시즘이다. 본인이 주장하는 바에 대한 자신감은 있어야겠지만, 자신의 빼어남에 집중해서는 안 된다. 글의 출발점이 창작자의 내면이라 하더라도 닿는 곳은 타인이라는 사실을 망각하지 말아야 한다. 이와 관련해 나는 글을 쓸 때, 아이돌이 되려고 하지 말라고 분명히 얘기했다. 이는 문장 하나만을 두고 하는 소리가 아니다. 글 전체 그리고 창작자의 기본 덕목과 스타일에 관한 조언이다.

이쯤에서 전국 각지 부장단의 등산 이야기를 한번 더 꺼내본다. 미리 고백하자면, 이 소재만큼 딱 들어맞는 예시가 잘 없어서이니 오해가 없길 바란다. 그리고 개개인의 고유한 경험을 비하하거나 얕잡아보려는 게 아니다. 오히려 근본적인 도움을 주려는 목적이 크다.

바로 본론으로 들어간다. 젊은 후배들이 단순히 어리고, 등산의 경험이 없어서 당신의 말을 알아듣지 못하는 게 아니다. 그들에게 등산이 흥미롭지 않은 건 대신할 유흥이 너무나 많아서다. 그들은 이전 세대와 달리 세상에는 더 쉽고, 간단한 방법들이 있다는 걸 목격했고, 더 다채로운 경험으로 더 재미나게 삶을 채울 수 있다는 현실도 목격했다. 그들이 등산을 이해하려면, 몸에서 건강관리의 신호를 강하게 보내줄 30대 후반쯤이나 되어야 할 테다. 그 이전에는 그 중요성을 강조해 봤자 소귀에 경 읽기나 다름없다.

관심이 전혀 없는 사람에게 강압적으로 관심을 요구할 수는 없다. 더욱이 기호의 강요가 곧 폭력이 되어버린 세상이다. 그러므로 영리하게 접근해야 한다. 흥미로울 법한 카드를 먼저 제시해야 한다는 말이다. 그러기 위해서는 고민해 봐야 한다. '어떻게 등산에 흥미를 느끼게 할 것인가?' 이런 고민도 없이 다짜고짜 산에 올라서 내려올 때까지의 여정을 그럴싸한 표현력으로 쓴 문장은 그저 나르시시즘의 결정체일 뿐이다. 안타깝지만 등산에 흥미를 둔 이들도 반기지 않을 글이다. 제법 괜찮은 문장이지만, 상투적인 글이기 때문이다.

이 문제는 '이런 걸 과연 내가 수필로 옮겨 써도 될까?'라는 고민과 맞닿아 있다. 냉정하게 초보 연습생이라면, 일단 쓰는 게 맞다. 반면, 일정 이상 단련을 해왔다면 슬슬 방향을 틀어줘야 한다. 그 상태로는 읽히지 않기 때문이다. 한마디로 문장을 쏟아내

는 데 겁이 없어졌다면, 과감하게 스스로 이런 질문을 던져야 한다. '이런 뻔한 글이 읽힐까?'

우리가 문장력을 강화하고 싶은 욕구도 여기에서 출발한다. 어떤 글이든 평가는 타인에게 달려 있고, 좋은 피드백을 받으려면 글이 매력적이어야 하니까. 이 관점에서 예측 가능한 글은 우회할 필요가 있다. 다시 말해, 등산이 핵심 주제라 할지라도 산을 오르는 이야기를 꺼내기보다 색다른 요소를 끌어들이는 방식을 시도해 보자는 거다.

이 책의 전체 구성만 살펴봐도 이해에 도움이 되리라 본다. 나는 줄곧 "동기 부여만으로는 글쓰기가 이루어질 수 없다."라는 단순한 명제를 전달하기 위해 스포츠 서사를 끌어왔고, 인내의 가치를 강조하기 위해 최근의 화두인 AI를 다루었다. 하나같이 전략적이다. 이처럼 등산의 장점을 알려주고 싶은 부장님들도 전략적이어야 한다. 만일 내가 등산을 소재로 삼았다면, 전혀 엉뚱한 데서부터 풀어나갔을 듯하다.

가령, 포켓몬스터 '띠부씰' 같은 거다. 포켓몬스터는 다들 한 번쯤 들어봤을 테지만, 띠부씰은 낯설 수 있다. 띠부씰은 포켓몬빵을 구매하면, 그 안에 들어있는 스티커다. 1999년 처음으로 세상에 나온 포켓몬빵 띠부씰은 당시에만 무려 500만 개가 팔렸다. 빵의 질이야 어떻든 스티커를 수집하려는 욕구 덕에 빵은 불티나게 팔렸다. 심지어 빵은 먹지도 않고 버려지는 게 많아서 사회 문제로 떠오를 정도였다. 그런 띠부씰이 한동안 잠잠하다가 지난 2022년에 세상에 다시 등장했다. 이번에도 곳곳에서 아우성이 터졌다. 편의점에 빵이 들어오길 바라던 콜렉터들은 수시로 편의점에 드나들었다. 이렇게 시끌시끌해지자 연예인들도 달려들었다. 너도나도 자신의 유튜브 채널이나 방송을 통해 모아둔 띠부씰을 보여주며 대중의 호응을 유도했다. 그뿐만 아니다. 콜렉터들은 전국을 순회해서라도 몽땅 모을 기세였고, 대형마트 오픈런도 마다하지 않았다. 심지어 중고장터에서도 서로 모자란 조각을 사고팔며, 커뮤니티가 형성될 정도였다. 이런 경험을 한 친구들에게는 적어도 등산보다 띠부씰이 더 흥미로운 소재가 아닐까?

다행히 띠부씰과 등산에는 공통점이 있다. 결과를 위해 현재를 소모하며, 인내하는 과정이다. 산을 오르는 이치와 띠부씰을 모으는 게 어떻게 닮았느냐고 반박할 수도 있지만, 어설프게나마 정상에 스스로 닿고자 하는 욕망은 닮아있다. 우린 이 부분을 이용 하면 된다. 적절하게 흥미를 끌어오면 된다는 뜻이다. 이후에 본격적으로 등산 스토리를 풀어도 늦지 않다. 이렇게만 해도 아주 세련된 어른이 될 수 있다. 사람은 누구나 공감대가 형성되면 너그러워지기 마련이니까.

등산과 띠부씰은 아주 작은 예시에 불과하다. 사실 '역지사지' 야말로 글쓰기의 핵심 중 핵심이다. 역지사지를 빼고서는 글다운 글이 나올 수가 없다. 역지사지를 제대로 이해하게 되면, 슬픈 글을 써도 작가가 먼저 울 수가 없고, 웃긴 글을 써도 작가가 혼자 웃을 수 없다. 모든 글은 타인에게 닿아서 빛날 것이기에 구상한 장면이 아무리 슬프거나 웃겨도, 마지막까지 냉정하게 문장을 다루어야 한다. 결코 작가의 의식이 과잉되어서는 안 된다. 말하고자 하는 메시지가 붉고 강렬하다면, 그만큼 많은 독자를 포기할 배짱도 있어야 한다.

익히 말했듯 나는 종종 오프라인에서 수업을 한다. 지역 도서 관과 문화센터 등에서 주로 활동 중인데, 섭외가 들어오면 거의 수락한다. 금액이 맞지 않을 때도 많고, 무료 특강이라 수강생의 열의가 떨어지는 편이지만, 순전히 나의 고집 때문이다. 바로 도 서관 강좌 수준이 향상되어야 민간이 주최하는 문화 프로그램의 질이 전반적으로 향상될 수 있다는 믿음이다.

이런 이야기를 굳이 꺼내는 이유는 나의 수업 방식을 공유하 고 싶어서다. 수업이 2시간이라면, 1시간은 이론을 다루고, 1시간 은 수강생들과 현장에서 정한 소재로 글을 쓴 다음, 그 자리에서 즉시 피드백을 해주는 형식으로 진행한다. 이런 나의 수업에 당 신이 참여했다고 상상해 보자.

당신은 지금부터 어렵게 용기 내어 오프라인 글쓰기 수업을 들으러 온 수강생이다. 도서관에서 진행하는 프로그램이라면, 주 간일 확률이 높고, 참여자 대부분이 경력 단절된 주부이거나 은 퇴 후의 인생을 구상 중일 테다. 그런 군중 속에서 당신이 자리를 하나 차지하고 앉아 나와 얼굴을 마주했다. 그리고 첫날부터 속살을 내비치는 글을 쓰고, 자신의 입으로 어렵게 쓴 글을 소리 내어 읽는다. 심지어 전혀 모르는 사람들 앞에서 공개적으로. 충분히 부담되는 상황이다. 수강을 포기하고 싶은 마음이 들 수도 있다. 그래도 목표한 바가 있어서 2~3주 수업에 참여를 해보지만, 아무래도 자신이 가장 못 쓰는 것 같다. 그래서 더는 낯 뜨거움을 참지 못하고, 끝내 수업에 나가지 않는다.

실제로 많은 수강생이 이런 모습을 보인다. 그러고는 금액을 지불할 테니 1:1로 수업을 진행해 달라며 조용히 연락해 오기도 한다. 이 같은 현상을 마주한 나는 수업 첫 시간에 입버릇처럼 꺼내는 말이 하나 있다. "여러분은 들판에 뿌려진 씨앗입니다." 그것도 사람이 파종한 씨앗이 아니라, 이름도 없는 황무지에 새들과 짐승의 도움으로 뿌려진 씨앗이라고 한다.

사람의 손으로 파종된 씨앗들은 일정한 간격 아래 나란히 몸을 눕혀 그저 기다리기만 하면 된다. 때가 되면 사람이 물도 주고, 바람막이나 그늘막도 만들어 준다. 덕분에 다들 비슷한 시기에 싹을 틔우고, 열매도 맺는다. 그렇지만 자연에 의해 뿌려진 씨앗들은 어떨까? 주변 환경의 영향으로 싹을 틔우는 시기가 저마다 다르다. 당연히 자라는 속도도, 열매 맺는 시기도 다르다. 다를 수밖에 없는 것이다.

사람도 마찬가지다. 모두가 똑같은 환경에서 시간을 보내온
게 아니다. 그간 주어졌던 환경과 글쓰기를 위해 자연스레 공급
된 양분의 차이가 분명 존재한다. 이 사실부터 인정해야 한다. 그
럼에도 불구하고, 글을 쓴 후에 보여주는 시간이 두려운 건 여전
하다. 마음을 굳게 먹어도 내 글이 옆 동기들의 실력에 비해 한참
못 미치는 듯해 자꾸만 작아진다.

그런 눈치를 채면 나는 "이제 떡잎이 벌어진 겁니다. 떡잎끼리
누구 잎이 더 벌어졌는지 자랑해 본들, 그걸 부러워한들, 바뀔 게
있나요? 조금 더 빨리 가봤자 키가 조금 더 웃자라는 정도겠죠.
우리가 그 정도로 만족하려는 게 아니잖아요. 최종 목적지는 아
름다운 열매를 맺는 순간 아닌가요?"라는 말을 건넨다. 그제야
수강생들의 마음이 열리는 게 느껴진다.

이런 위로도 빼놓지 않는다. "진짜 잘 쓰는 사람은 이곳에 나오
지도 않습니다. 저보다 잘 쓰는 사람은 당장 다음 주부터 안 나올
테고요. 저보다 잘 쓰면 저를 가르치고 싶을 텐데, 시간을 빼앗기면
서까지 참여할 이유가 없으니까요."

펜을 들어보지 않았던 사람이 글을 써보겠다 마음먹는 건 대단한 용기를 필요로 한다. 내가 그들을 위해 해줄 수 있는 가장 쉬운 실천은 마음을 다잡아주는 일이다. 어렵게 뽑어낸 용기가 빛바래지 않도록 말이다.

이제 겨우 햇살 한 줌 받아보겠다고 양팔을 벌린 떡잎을 부러워하지 말자. 글을 잘 쓰고 싶다는 욕심, 인생에서 책 한 권 남겨보고 싶다는 욕심, 그 책이 내 이력을 빛내주길 바라는 욕심은 고작 떡잎이 아니라 굳게 뿌리 내린 나무의 열매에 있다. 그것도 아주 잘 익어서 탐스러운 상태. 그러니 마음이 흔들릴 때면, 긴 호흡을 유지하며 당신이 머릿속에 그리는 열매를 떠올리자.

에필로그

Epilogue

모두 다 당신 덕분이다

쓰는 동안 힘든 건 오랜만이었다. 이전까지는 힘들어도 충분히 견딜 정도였다. 단순히 체력이 힘들거나, 육아로 인해 집중력이 저하된다거나, 물리적으로 시간이 부족한 게 문제였으니까. 그런 건 크게 힘들지 않다. 쓰면서 정말 힘들다고 느끼게 되는 건 정신적으로 나약해져 스스로 문장에 확신이 서지 않을 때다.

꽤 오랜만에 직접 써서 출간하는 단행본이다. 그것도 소설이아니다. 더욱이 컨셉부터 '출판사 대표가 직접 쓰는 글쓰기 이론서'다. 조금만 허투루 써도 평소 실력을 오해받을 수 있다. 서슬퍼런 칼날 위에 스스로 올라선 격이다. 덕분에 오랜만에 쫄깃해진 심장으로 며칠을 살았다. 그러는 동안 아내의 뱃속에서는 둘째가 무럭무럭 자라났다. 아마 이 책이 출간되어서 당신의 손에 들렸을 때쯤이면, 둘째는 세상으로 나와 존재감을 뽐내고 있는 중일 테다.

새삼 참 못났다는 생각이 든다. 문장도 만족스럽지 못한데, 아이에게도, 아내에게도, 충실하지 못했다는 생각. 그래도 숨이 쉬어지고, 음식이 당기는 건 어째 좀 많이 부끄러우면서도 한편으로는 또 터무니없을 정도로 자랑스럽기도 하다. 진짜 부끄러울 만한 짓은 안 했으니까.

소비자의 지갑을 열게 만드는 마법이 있다. 세계적인 불경기에 참으로 멋진 일이다. 심지어 마법을 부리기도 아주 쉽다. 누구나 할 수 있다. 주문이랄 것도 없다. 그저 소비자가 원하는 걸 찾아서 소비자가 듣고 싶어 하는 말을 들려주기만 하면 된다. 정말이다. 믿기지 않는다면, 3개월 만에 20kg 감량이 가능한 다이어트 약이라면서 인터넷에 올려보길 바란다. 전화벨이 요동칠 거다. 같은 이치로 초보자도 8주 만에 책 쓰기가 가능하다고 광고한다면, 아마 이 책도 증쇄까지는 가능할지도 모른다.

그렇지만 마법을 쓰지 않았다. 주문에 대해서도 너무나 자세히 알고 있으면서도, 끝내 하지 않았다. 오히려 정반대의 이야길 했다. 글쓰기는 결코 쉽지 않다고. 오랜 시간과 노력이 필요하다고. 급변하는 시대에 참 망하기 좋은 말이다. 그래도 어쩌겠는가? 글쓰기가 100m 전력 질주 종목이 아닌 42.195km의 마라톤이란 사실을 누구보다 잘 알고 있는데, 뻔뻔스럽게 아닌 척을 어떻게 하란 말인가? 정말, 어쩔 수 없다. 주문을 알아도 함부로 주문을 외울 수는 없는 노릇이다. 덕분에 스스로 기특한 마음이 든다.

별개로 아쉽고, 유감스러운 점도 있다. 우선 도서의 정가가 그렇다. 내가 대부분의 공정을 스스로 처리하며 만든 책이 OTT 플랫폼 한 달 이용권보다 비쌀 이유는 없다고 늘 생각해 왔다. 실제로 타인의 출판물이나 공저 외 직접 쓰고, 작업한 도서는 이전까지 실제 구매 가격이 1만 원을 넘긴 적이 없었다. 이런 생각은 독립출판으로 세상에 명함을 던졌을 때부터 여태까지 단 한번도 바뀐 적이 없었지만, 이제는 나도 멈추지 않는 인플레이션이 버겁다. 그렇다고 가격을 어정쩡하게 책정하자니 배송비가 애매하게 걸렸다. 오랜 고민 끝에 직접 쓴 책을 제작하면서는 처음으로 주변에 도움을 청했다. 이 자리를 빌려 윤수빈 에디터에게 고마운 마음을 전한다. 이전과는 다른 퀄리티로 최종 마감할 수 있었던 건 그녀의 영향이 컸다.

한편, 불과 보름도 되지 않아 초고가 완성되었던 건 정말 독이었다. 지나칠 정도로 독자를 배려하지 않고 막 달렸다. 누구나 간결하게 읽을 수 있게 써야 했는데, 제 버릇 개 못 준다고 소설처럼 뜸을 들이면서 썼다. 직구를 던지지 않고, 있는 대로 힘껏 커브를 던졌다. 정말 윤수빈 에디터가 합류하지 않았다면, 이번 기획은 세상으로 나와 보지도 못하고 사장되었을 게다. 정말이다. 나는 천성이 이야기꾼이다. 단박에 모든 일이 풀리는 것보다는 한껏 꼬인 이야기가 절정에 이르러 딱 맞아떨어지는 전개를 즐긴다. 늪처럼 천천히 빨아 당기는 글을, 그런 커브를 사랑한다. 그래서 이번에도 그렇게 혼자 만족하며 줄기차게 써 내려가다가 초벌을 끝내놓고 나서야 정신을 차렸다. '아! 이건 소설이 아니었지?'

덕분에 수정하는 동안 더 불안해졌다. 피어오르는 불안함을 떨쳐내고자 무리하게 펼친 문장을 군데군데 방치한 것에 대해 용서를 구한다. 고약한 성질머리를 그대로 내보인 것 같아 죄스럽다. 그래도 진심은 닿을 수 있지 않을까 조심스레 기대하며 펜을 놓는다.

불안했음에도 기쁜 마음이 더 커서 작업을 완료할 수 있었다. 상업적 성과는 몰라도 기다려준 당신에게는 닿을 것이란 기쁨. 그런 확신이 펜을 끌었다. 그렇다. 여기까지 읽어준 당신이 나의 불안함을 눌러줬다. 정말, 감사하다.

아내의 곁에서 둘째를 기다리며

부록: 짧은 이야기들

폭죽
- 월드컵, 넘비, 시계, 창문 -

"아, 말씀드리는 순간 휘슬이 울립니다! 4강 진출입니다!
대한민국이 피파 랭킹 1위 브라질을 꺾고 4강에 진출합니
다! 우리의 태극 전사들 정말 잘 싸워주고 있습니다. 월드
컵 원정 첫 4강 진출! 우리의 태극 전사들이 새로운 역사
를 쓰고 있습니다!"

사람들이 거리로 쏟아져나오면서 소리를 지르고, 서로를 부둥
켜안았다. 한국이 이번 월드컵에서 새로운 신화를 쓰고 있는 탓
에 사람들은 제정신이 아니었다. 아니, 대체 축구 따위가 뭐라고
이렇게 난리 칠 일인가? 하나같이 빨간 티를 입은 사람들이 누가

먼저라고 할 것 없이 정차된 차 위로 뛰어 올라가서 태극기를 꺼내 흔들기 시작했다. 경기가 끝났음에도 응원 구호는 여전히 끊이지 않고, 곳곳에서 울려 퍼지고 있었다.

나는 광기에 휩싸인 소란스런 인파를 뒤로 두고, 어두운 골목을 향해 걸어 들어갔다. 군데군데 불빛이 새어 나오고, 이미 끝나버린 축구 경기의 하이라이트 장면을 되감아서 보여주고 있었지만, 내 겨드랑이 사이로 스쳐 지나가는 밤바람은 그저 차갑기만 했다. 6월이었음에도 불구하고.

축구도 축구지만, 8월이면 당장 내 인생도 새로운 역사의 전환점 앞에 서게 될 판이었다. 관할 시에서 쓰레기매립장 문제가 야기되고, 새 이전 지역을 알아보고 있다는 풍문을 들었을 때만 하더라도 그런 건 나와 전혀 상관없는 문제라고만 생각했다. 어차피 님비나 핌피 같은 그런 복잡한 건 어른들의 사정일 테니까. 내가 간과한 게 있다면, 우리 집 어른들의 주머니 사정은 그런 복잡한 사정을 쉽게 풀어낼 수 있을 만큼 여유롭지 못하다는 사실이었다.

휘이유우웅, 퍼엉!

준비성 좋은 녀석이 기다렸다는 듯이 폭죽을 터트렸나 보다. 담 낮은 골목길 위로 빨간 불빛이 가루처럼 부서지는 게 보였다. 누가 내게 말을 걸거나 아는 척을 한 것도 아닌데, 괜히 눈앞이 뿌옇게 흐려지며, 뜨거운 게 목구멍으로 울컥 솟구쳤다. 집까지는 아직 오르막을 한참 더 걸어 올라가야 하는데, 터져 나오려는 울음소리를 참자니 피곤함이 밀물처럼 밀려와 머리끝까지 나를 잠그는 것 같은 기분이 들었다. '아, 알바를 하나 줄여야 하나? 아니, 줄이면 당장 동생들은 괜찮을까?'

순간 오늘 아침 출근하던 때가 떠올랐다. 다들 분주하게 나설 채비를 하고 있을 때, 막내 녀석은 땅바닥에 커다란 바늘 시계와 창문이 여러 개 박힌 집을 그리고 있었다. 막내 녀석을 허리춤에 차고 대문을 나서며 물어보았다.

"그 이상한 집은 뭐니?"
"이상한 집 아니야! 내가 살고 싶은 집이야! 나 학교에서 친구들한테 들었어. 요즘에는 컴퓨터와 로봇이 다 알아서 알려주니까. 시계 같은 거, 이렇게 바늘 달린 건 그냥 폼으로 가지고 있는 거라고! 그래서 부자들이나 집에 시계를 둔다고. 그 정도는 나도 다 알아!"

쪼끄만 녀석이 알긴 뭘 아냐고, 녀석을 장난스럽게 간지럽히고 말았지만, 나도 알고 있었다. 녀석이 창문을 많이 그렸던 건 바퀴벌레들과 동거하는 단칸방을 벗어나 방이 많은 집으로 이사하고 싶어서라는 걸.

휘이유우웅, 퍼엉! 퍼버버벙퍼어엉!

또 한 차례 폭죽이 터졌다. 그것도 한발이 아니었다. 하나가 터지는 듯 하더니 연이어 연쇄 폭발이 일어났다. 순식간에 사위가 환하게 밝아졌다. 그리고 다음 순간, 난 몰래 흘리던 눈물을 조용히 닦아냈다.

가파르게 솟은 오르막길에는 키 작은 담벼락보다 더 작게 몸을 구부린 어른들이 있었다. 하나같이 주먹을 깨물며 울음을 삼키면서.

-

이 짧은 이야기는 글쓰기 수업 중 제가 직접 작성했던 글입니다. A 고등학교 동아리 학생들과 함께 제시어를 두고 썼던 미발표 글이지만, 좋은 예시가 될 듯해 첨부합니다.

끝날 때까진 끝난 게 아니야
- 소나기, 수영장, 세제 -

흑인 수영선수이면서 금메달을 최초로 획득한 사람은 남아메리카 수리남의 '안토니 네스티'라는 남자야. 1988년 서울올림픽 접영 남자 100m 부문에서 꿈을 이루었지. 세계인이 모여 겨루는 자리에서 금메달을 차지한다는 건 굉장한 일일 수밖에 없어. 무려 세계잖아. 적어도 동시대에서는 그 분야에서 세계 최고의 사람으로 기록되는 거니까. 그러니 누구든 금메달을 획득하면 감격스럽겠지. 그렇지만 안토니 네스티가 느꼈던 감동은 다른 선수들의 그것보다 훨씬 더 강렬한 것이었어.

그럴 수밖에. 그는 무려 흑인이었으니까.

1964년 미국 플로리다주에는 백인들 전용의 몬손모텔이란 곳이 있었어. 수영장이 딸린 숙소였는데, 당시 흑인과 백인으로 구성된 민권운동가들이 인종 차별에 대한 항의의 뜻으로 그 수영장에 뛰어들었어. 그리고 다음 순간에 바로 사건이 터졌지. 당시 모텔의 매니저였던 지미 브록이란 남자는 흑인들이 수영장에 뛰어들었단 이유로 바로 염산을 부어버렸거든.

믿기지 않겠지만 정말 있었던 일이야. 그만큼 흑인들은 스포츠 영역에서도 꾸준히 차별을 받아왔어. 그리고 그건 지금도 형태만 달라졌을 뿐 여전히 이어지고 있단다. 남아프리카공화국은 인구의 80%가 흑인이지만, 국가대표 수영선수들은 전부 백인이지. 영국이나 미국도 여전히 대부분이 백인으로 구성되어 있단다. 흑인 선수 자체가 적단 이야기지. 그만큼 흑인들에게는 수영이란 스포츠가 여전히 접근하기 어려운 스포츠라는 거야.

이런 어려운 이야기를 왜 하느냐고? 오늘 이야기의 주인공이 바로 제2의 안토니 네스티를 꿈꾸는 세네갈의 '째르노 상고르'이거든.

째르노는 운이 아주 좋은 아이란다. 아프리카 대륙에는 많은 나라가 있고, 수많은 흑인이 있지만, 집에 수영장이 딸린 흑인은 그에 비해 소수에 불과하거든. 덕분에 째르노는 5살 때 이미 무려 수영선수가 되겠다는 꿈을 가질 수 있었단다.

째르노의 아버지는 정치 권력자답게 거침이 없었지. 세네갈에선 정상적인 훈련 과정이 어렵다는 걸 받아들이고, 9살이 된 째르노를 미국으로 유학 보내버렸거든. 어린 나이에 고향을 등지고 타국살이를 한다는 게 너무나 두려웠지만, 째르노는 가슴을 당당하게 폈단다. 그의 영웅인 안토니 네스티도 미국으로 유학을 하러 갔으니까.

이후 째르노의 삶은 아주 단순했어. 정말 미친 듯이 수영만 했던 거야. 학교 가고, 밥을 먹고, 수영장에 뛰어들었다가 숙소로 돌아와 잠이 들었어. 그게 째르노의 유년이자 성장기 전부였어. 다른 건 들어올 틈도 없었지. 오로지 금메달을 획득해 실력을 인정받고 싶단 생각밖에는 없었어. 수영 불모지인 세네갈에 금메달을 가지고 귀환한다는 생각만으로도 가슴이 뛰었던 거야.

째르노는 수영만큼은 준비된 엘리트 코스를 밟아갔어. 체육 프로그램으로 유명한 플로리다주 잭슨빌의 사립학교 볼스 스쿨을 다녔고, 텍사스대학 롱혼스 수영팀으로 진학을 했지. 그리고 째르노 스스로 준비가 다 되었다고 생각이 들었을 때, 그의 지도 코치가 믿기지 않는 이야길 했어.

"째르노, 귀화를 해보는 건 어때? 세네갈로 돌아가면 올림
픽 출전 준비가 힘들지 않겠어?"

째르노는 조국을 등지라는 코치의 그런 제안이 조금도 불쾌하지 않았어. 오히려 대단히 기뻤어. 세상이 그의 재능을 알아본 거니까. 귀화를 제안할 만큼 이미 째르노의 실력이 월등하다는 거니까.

째르노는 그날 평소보다 일찍 훈련을 마치고 동급생들이 파티를 즐기고 있는 곳으로 갔어. 평소라면 하지 않았을 일탈 행위지. 그곳에서 째르노는 성취감에 젖어 술을 마셨고, 동료들과 우스 꽝스러운 게임을 하며 밤을 달렸지. 그 순간 째르노의 머릿속은 하나의 메시지로 가득했어. '당장 세네갈로 돌아가자. 그리고 다가오는 올림픽에 출전해보자!'

그러나 불행하게도 다음날 째르노가 눈을 떴을 때 세상이 달

라져 있었어. 째르노는 기억도 하지 못했지만 돌아오는 길에 차 사고가 있었고, 째르노의 왼쪽 무릎 아래 전체가 갈려 나가버린 거야. 스포츠 스타가 될 수 있었던 째르노가 꿈을 잃어버린 별 볼 일 없는 청년이 된 첫날이었지. 그 이후 째르노가 어떤 고통 속에 서 얼마나 방황했는지는 굳이 설명하지 않겠어. 다만, 그가 그 이 후로 수영장은 근처에도 얼씬거리지 않았다는 것만 알려줄게.

째르노는 거의 10년 만에 고향으로 완전히 돌아왔어. 돌아오 는 길에 그의 왼쪽 무릎 아랫부분은 찾아올 수 없었지만, 대신 우울과 분노는 챙겨서 돌아왔지. 째르노의 아버지는 아무런 말 도 하지 않았어. 다만 다시 돌아온 아들에게 의족을 준비시켜 뒀 단 이야길 해줬지. 그의 어머니도 마찬가지였어. 그저 아들을 꼭 안아주었지. 어떤 걸로도 째르노를 위로할 수 없다는 걸 그들은 알고 있었던 거야.

의족은 바로 장착할 수 있는 게 아니었어. 장착 접합성 테스트 를 해야 했고, 정교하게 맞춤 제작되어야 했기 때문에 시간이 걸 렸지. 그 공백기 동안 째르노는 목발을 짚거나 휠체어를 탔어. 수 영으로 떡 벌어져 있었던 째르노의 어깨는 벌써 근육이 줄어들기 시작해서 예전 같지 않았지. 째르노는 그가 짚고 선 목발처럼 야

위어가고 있었던 거야.

　그러던 어느 날, 마른하늘에 소나기가 3차례나 찾아들었던 괴상한 날이었어. 쩨르노는 휠체어에 앉아 멍하니 하늘만 바라봤어. 쉼 없이 빠르게 변하는 하늘을 보며, 쩨르노는 플로리다 마이애미 비치를 떠올렸어. 학기를 마칠 때마다 기분 전환 겸 들렸던 곳이었지. 파도를 따라 헤엄을 치던 기억이 그의 무릎을 간지럽혔어.

　"뭐, 그래봤자 다시는 꿈도 못 꿀 일이지."

　자조 섞인 한숨을 내쉬며 돌아서려는 쩨르노 앞에 그의 어머니가 나타났어.

　"아니야, 그렇지 않아."
　"죄송하지만, 그게 맞아요. 엄마, 그게 맞다고요."
　"아, 네 마음에 다시 해가 들어섰으면 좋겠구나."
　"사고가 나고 숙소로 돌아온 날이었어요. 떠나기 전에 죄다 버려버릴까 하다가 무슨 미련인지 훈련할 때 쓰던 수영복과 수모 같은 것들이 눈에 들어오더군요. 반사적으로 빨아야겠다고 생각했어요. 아니, 생각도 하지 않았는데, 제

몸이 알아서 그걸 들고 세탁실로 갔죠. 목발을 짚은 채로
요. 세탁기 앞에서 제가 무슨 생각 했는지 아세요? 이대로
세제를 먹어버릴까? 아니면, 세탁조 안에 들어가서 문을
잠가 버릴까? 그런데 그런 걸로는 죽지도 않을 거 같더군
요. 그래서 집으로 돌아올 수 있었던 거예요. 손에 총이 들
려 있었다면, 우리 모두 훨씬 쉬웠을지 몰라요."

째르노의 이야길 듣던 어머니는 참지 못하고 째르노의 등을
후려쳤지. 어둠에 먹혀버린 째르노는 이제 어머니의 마음마저도
살피지 못할 정도가 되었던 거야.

"정신 차려! 오스카 피스토리우스는 두 다리에 의족을 달
고도 금메달을 땄어! 렉스 질레트는 두 눈이 보이지 않았
지만, 누구보다 멀리 뛰었지. 다니엘 디아스는 두 팔이 기
형이지만 누구보다 뛰어난 수영선수야! 오, 아들아! 끝날
때까지 끝난 게 아니란다. 끝날 때까진 끝난 게 아니야!"
"엄마… 다시 할 수는 있을지 몰라도 그렇게 해서 닿는 곳
은 제가 꿈꾸던 곳은 아닐 거예요."
"그래, 아닐 거야! 그럴 수는 없어. 신조차도 그런 걸 바라
지는 않으실 거야. 그렇지만 이 엄마의 말을 믿으렴! 네가

원하던 꿈대로 모든 걸 이루었으면 어땠을 것 같니? 그걸로 네 인생이 아름답게 완성되었을까? 천만에! 그 이후에 남은 게 무엇인지는 아무도 모른단다. 짐작조차 할 수 없지. 어쩌면 불행한 사고가 네가 메달을 딴 바로 다음 날 찾아왔을지도 몰라. 그랬다면, 네가 지금보다 덜 불행했을까? 아니야, 째르노. 그런 게 아니야. 인생은 절대, 끝날 때까지 끝난 게 아니야. 이젠 네가 정상인 중 최고가 될 수 없을지는 몰라도 다리 한쪽이 없는 사람 중에서는 최고가 될 수 있는 또 다른 기회가 찾아온 거야. 그렇게 상황이 조금 변했을 뿐이야. 모든 게 끝이 난 게 아니라고. 째르노, 끝은 네 숨이 멎었을 때야 끝나는 거야."

째르노는 그대로 어머니 품에 쓰러져 소리 내어 울었어. 당장엔 그것 말고는 할 수 있는 게 없었어. 물론, 눈물을 그친 이후에는 어떤 선택이든 할 수 있겠지만 말이야.

-

이 짧은 이야기는 『괜찮아, 아빠도 쉽진 않더라』에 수록된 단편입니다. 당시 홈페이지에서 팬들에게 실시간으로 받은 제시어를 활용해 1일 1 마감으로 쓴 글 중 하나입니다.

문수림의
장르불문
관통하는 글쓰기
기본 이론편

2024년 10월 10일 초판 1쇄 발행

지은이 | 문수림
책임편집 | 윤수빈
디자인 | 문수림

발행인 | 이경민
발행처 | 마이티북스

© 마이티북스

출판사 연락처
전화 | 010-5148-9433
이메일 | novelstudylab@naver.com
홈페이지 | https://마이티북스.com

ISBN 979-11-984193-7-8

도서 제작 과정에서 아래의 폰트를 사용했습니다.
'고운 바탕, Noto Sans CJK KR, Pretendard, Kopub바탕체Light, 에스코어 드림'
창작자들을 위해 무료로 배포해준
폰트 제작자 여러분에게 지면을 빌려 감사의 마음을 전합니다.